Flor Schmidt

RABENSCHWARZ UND VOGELWILD

Kirchzarten steht Kopf

Flor Schmidt studierte Germanistik und Philosophie und arbeitete danach beim Rundfunk. Nach der Geburt ihrer Söhne absolvierte sie eine Ausbildung zur Phytopraktikerin an der Freiburger Heilpflanzenschule. Infolgedessen schrieb sie zwei Kräutermärchenbücher. Als 2012 ihr damals 17-jähriger Sohn verstarb, wehte das Leben sie erst einmal in eine andere Richtung, worauf drei Bücher über Trauer, Resilienz und die Krisenzeiten des Lebens entstanden. Jetzt hat sie ihr erstes Kinderbuch geschrieben. Die Autorin lebt mit ihrer Familie in Freiburg.
www.flor-schmidt.de

Flor Schmidt

RABENSCHWARZ UND VOGELWILD

Kirchzarten steht Kopf

Mit Illustrationen von Irmhild Haite-Voss

Schmidt, Flor:
RABENSCHWARZ UND VOGELWILD
Kirchzarten steht Kopf

ISBN 978-3-00-081737-3

Text: Flor Schmidt
Cover- und Innenillustrationen: Irmhild Haite-Voss
Coverfoto im Hintergrund: Vera Gorbunova / Unsplash
Typographie und Satz: Judith Meyer-Fuß, gesetzt aus Mukta Light

Druck und Bindung: Burger Druck GmbH,
August-Jeanmaire-Strasse 20, 79183 Waldkirch

Freiburger Str. 6, 79199 Kirchzarten

WIDMUNG

Meiner geliebten Familie,
sowohl auf der Erde als auch im Himmel
und
den **Bücherhaien**, die es tatsächlich gibt und die
mit der Bücherstube in Kirchzarten wohl vertraut sind.
Sie haben die Freundesgruppe Malika, Phil, Jonas,
Tinka und Karl zum Leben erweckt und erste Impulse
vorgegeben. Aber wie es so mit Charakteren ist,
irgendwann entwickeln sie sich weiter – wie von selbst.
Wohin das führen kann, erfahrt ihr,
wenn ihr weiterlest.

Malika:
mutig und
empathisch
Karl: impulsiv und
begeisterungsfähig
Jonas:
cool und
lustig
Tinka: tierlieb
und wissbegierig
Phil: klug
und weise

Herr Kopaki:
der geheimnisvolle
Professor
Frau Papou:
die „Hüterin
der Bücher."

PROLOG

Da ist sie ja! Schwanzwedelnd kommt Hope auf Malika zugerannt und lässt den kleinen Ball vor die Füße des Mädchens fallen. Wie Malika es liebt, mit ihrer Hündin Hope im Park zu spielen. Vögel zwitschern, der Wind rauscht sanft durch die Baumkronen. Doch heute ist alles anders: Ein furchterregendes Kreischen zerreißt plötzlich die Idylle, und ein farbenprächtiger Vogel schießt aus dem Blätterdach hervor. Zu Tode erschrocken flüchtet Malika hinter den nächsten Baum, Hope direkt hinter ihr. Da dreht der Schreihals auch schon wieder ab, und Malika wagt sich vorsichtig aus ihrer Deckung. Eine schillernde Feder liegt auf dem Boden: gelb, blau, rot – und grün ist auch noch dabei. Malika hebt sie auf und schaut sich um.

Da startet der Vogel schon den nächsten Angriff auf eine Dame, die eben vorüberläuft! Sie trägt einen ausladenden Hut auf dem Kopf. Mit ausgestreckten Klauen schießt der Vogel herab, bekommt die Kopfbedeckung der Frau zu fassen und fliegt unter triumphierendem Geschrei davon.

„Ist das ihrer?", ruft Malika und streckt ihren zitternden Zeigefinger in die Luft. Ihr Herz pocht wie wild. „Wie kommst du denn darauf, Schätzchen?", fragt die Frau zurück. „Ich halte mir doch keinen Papageien." Sie streicht sich die blonden Haare nach hinten und geht kopfschüttelnd weiter.

Malika schaut ihr nach. „Irgendetwas stimmt mit der nicht. Oder was meinst du, Hope?" Die Hündin legt den Kopf schief

und schaut mit ihrem schönen schwarzweißen Gesicht zu Malika hoch, als wüsste sie genau, worum es geht.
„Wo kommt nur auf einmal dieser Papagei her?“, wundert sich Malika. Gedankenverloren steckt sie sich die bunte Feder in ihre braunen Locken. „Die muss ich gleich mal den anderen zeigen“, murmelt sie dann. Was würden sie zu der Feder sagen? Malikas kleiner Bruder Karl beschäftigt sich am liebsten mit Computern. „Ist doch völlig egal, woher der Vogel kommt“, würde er deshalb vielleicht antworten und mit den Schultern zucken.
Ihre Freundin Tinka dagegen ist fasziniert von allen Tieren. „Zeig mal her“, würde sie deshalb sagen und sofort auf ihrem Handy eine Bestimmungsapp öffnen.
Malikas Freund Phil würde mit ihr zusammen nachforschen, wem dieser Vogel gehört. Er hätte Sorge, dass er irgendwo ausgebüxt sein könnte und sich in der Freiheit nicht zurechtfinden würde. Und Jonas? Der würde Faxen machen und vielleicht versuchen, die Feder auf der Nase zu balancieren. „Ach Jonas“, Malika lächelt und seufzt leise.

DAS MAGISCHE BUCH

Malika gab Hope ein Zeichen, sich abzulegen. Leise klopfte sie an die Scheibe. Niemand antwortete. Gerade hatte sie doch noch einen Lichtstrahl in der Bücherstube gesehen? Jetzt war es plötzlich dunkel. Sie schaute auf ihre Uhr, es war schon nach acht. Natürlich war die Buchhandlung bereits geschlossen. Sachte drückte Malika gegen die Tür. Zu ihrem Erstaunen gab sie nach. Zögernd trat sie ein.

„Hallo, ist da jemand?", fragte sie mit einer piepsigen Stimme, als hätte sie einen Zug aus einem mit Helium gefüllten Luftballon inhaliert. Malika räusperte sich. „Ich will nur schnell meinen Fahrradhelm holen, ich muss ihn auf dem Tresen vergessen haben", rief sie den Büchern zu, denn außer ihnen schien niemand im Raum zu sein. Schnell ergriff Malika den Helm. Aus den Augenwinkeln sah sie einen goldenen Fleck. Unwillkürlich wandte sie sich um und schaute zu dem orangefarbenen Lesesessel hinüber. Mondlicht umfloss den Leseplatz, vor dem Malika einige Brotkrümel entdeckte – und auf dem Sessel lag ein Buch! Malika war neugierig, gleichzeitig mahnte ein Ziehen im Bauch zur Vorsicht… Sie wollte nach dem Buch greifen, zog nun aber die Hand wieder zurück.

„Papperlapapp! Schließlich bin ich hier in einem Buchladen und nicht in irgendeiner fantastischen Geschichte", machte sie sich selbst Mut. Die Bücher in den Regalen schienen ihre Gedanken zu bestätigen: Sie verhielten sich zurückhaltend, wie ganz normale Bücher eben. Sie purzelten nicht plötzlich herunter und keins davon begann, ungefragt zu Malika zu sprechen. Dennoch, das Grummeln in ihrem Bauch wurde stärker. Aber Malika mochte nicht darauf hören. Gerade wollte sie noch einmal nach dem Buch greifen, das im Mondlicht golden leuchtete. Was war das? Hinter sich glaubte Malika plötzlich Schritte zu hören. Sie hielt die Luft an. Ihr Herz pochte bis zum Hals. Sie lauschte angestrengt in die Dunkelheit. Nichts – kein Atmen, kein Poltern, kein Geräusch. Und doch, irgendetwas fühlte sich komisch an. Ganz langsam drehte Malika sich um. Da war niemand. Aber das merkwürdige Gefühl, das blieb. Weshalb bloß? Jetzt übernahm doch eine innere Stimme oder der Bauch oder die Angst die Führung in ihr, so konkret konnte Malika das nicht mehr auseinanderhalten.

„Los, lauf!", die innere Stimme war nicht zu überhören. Sie sollte hier verschwinden – sofort! Ihr Herz raste. Ein unheimliches Grauen stieg in ihr auf. Malika ließ das Buch liegen und hastete durch die Stube auf die Tür zu, riss sie auf, stürmte hinaus auf die Straße und rannte davon, als wäre ein Schwarm Wespen hinter ihr her. Dabei war es nur Hope, die wie befohlen vor der Bücherstube gewartet hatte und Malika nun eilig folgte.

Malika wusste nicht, dass Katrin Papou, die Besitzerin des Ladens nur zwei Stunden vorher an diesem Mittwochabend eine interessante Entdeckung gemacht hatte, und zwar in ihrer Buchhandlung. Nicht nur Malika liebte die Bücherstube in Kirchzarten über alles. Unzählige Geschichten warteten dort darauf, dass Neugierige in sie eintauchten. Das Wunderbarste an der kleinen Buchhandlung aber war der Buchclub „Bücherhaie", der dort alle paar Wochen stattfand. Die jungen Lese-Fans tauschten bei ihren Treffen ihre Meinung zu den Neuerscheinungen aus, schrieben Rezensionen und konnten die Bücher auch mit zu sich nach Hause nehmen.

An diesem Mittwochabend las Katrin Papou, von den Kindern gern auch die „Hüterin der Bücher" genannt, im Schein der Schreibtischlampe einen spannenden Artikel, der vor ihr auf dem Schreibtisch lag. „Bis morgen!", rief ihre Mitarbeiterin, Frau Buchfink, ihrer Chefin zu. Frau Papou winkte ihr lächelnd zum Abschied. Dann las sie weiter.

„Bedroht die Künstliche Intelligenz die Bücherwelt?" stand in großen roten Lettern über dem Artikel. Frau Papou hatte schon viel über Künstliche Intelligenz nachgedacht: Was diese Neuerung wohl für die Zukunft der Menschheit bedeutete?

So viele Chancen – aber auch Risiken. Die Buchhändlerin war gespannt, ob sie in diesem Artikel noch neue Informationen

finden würde. Beim Lesen bildeten sich kleinen Fältchen auf ihrer Stirn. Neu war es nicht, was da stand: Spezialisten hatten Roboter erfunden, die die Tätigkeiten der Menschen ersetzen und sie hatten Computerprogramme entwickelt, die Geschichten selbst entwerfen und schreiben können. Das alles wusste Frau Papou schon. Wieder flogen die Fragen durch ihre Gedanken, die sie schon so oft beschäftigt hatten: Brauchte es jetzt noch all die Menschen, die gern schrieben? Hätte das Wirken der Künstlichen Intelligenz auch Auswirkungen auf Frau Papous geliebte Bücherstube? Müsste sie bald den Laden schließen?
„Aber nein!", versuchte die Buchhändlerin sich zu beruhigen. Sie strich durch ihre graumelierten Haare. Noch waren diese Geschichten bei weitem nicht so einfallsreich und fesselnd, wie die von Menschen erdachten. Frau Papou versuchte, alle beunruhigenden Gedanken wegzuwischen. Aber an diesem Abend konnte sie nicht aufhören zu grübeln. Frau Papou streifte unruhig in der Buchhandlung umher. Wie würde eine Welt aussehen, in der Bücher nur noch von Künstlicher Intelligenz geschrieben wurden?
Der kleine Saugroboter SE 1000 Soft sauste an ihr vorbei, leise und leistungsstark – so jedenfalls hatte es damals auf der Verpackung gestanden. Frau Papou rümpfte die Nase. Da lagen noch Krümel hinter seiner Spur! Den Leistungsstarken schien das nicht zu interessieren. Selbstsicher zog er seine Bahnen, die Bedenken der Buchhändlerin nicht im Geringsten beachtend.
Nachdenklich verweilte Frau Papou jetzt vor dem wuchtigen Sekretär, der schon ihrer Urgroßmutter Trude Tronti gehört

hatte, und von einer Generation zur nächsten weitervererbt worden war. In Frau Papous Bücherstube bot er nun vielen Bildbänden über ferne Länder Platz, sich adrett zu präsentieren.
Plötzlich fiel Frau Papou etwas ein: Hatte ihre Mutter nicht davon erzählt, dass es ein Geheimfach in dem alten Möbelstück gab? „Los, such schon“, befahl eine Stimme in ihrem Kopf. „Ach nein, es ist schon so spät“, widersprach eine andere. „Vielleicht liegt da noch was drin?“, gab die nächste zu bedenken. „Morgen ist auch noch ein Tag“, beschloss schließlich die lauteste Stimme in Frau Papous Kopf und wies all die anderen Stimmen in ihre Schranken.
Die Buchhändlerin schnappte ihren Schlüssel und ging auf die Tür zu. Schon hatte sie ihre Hand auf die Türklinke gelegt, da sah sie noch einmal zu dem alten Sekretär hinüber. „Finde das geheime Versteck!“ Eine weitere Stimme erhob das Wort. Irgendetwas in Frau Papou wollte offensichtlich weitersuchen. Sie zögerte. Sollte sie der auffordernden Stimme nachgehen? Diese musste erst noch mit der Vorfreude auf ein Gläschen Wein, Chips und auf die Serie kämpfen, die die Buchhändlerin gerade verfolgte. Nach einem kurzen Kampf gewann die neugierige Stimme – oder der Sekretär, Frau Papou wusste es nicht so genau. Seufzend legte sie ihre Schlüssel neben die Bücher.
Sie starrte das alte Möbelstück an, als würde sie darauf warten, dass irgendetwas geschah. Aber natürlich passierte nichts. „Verflixt“, dachte sie, weshalb hatte es sie nicht interessiert, als ihre Mutter ihr das Fach vor vielen Jahren hatte zeigen wollen. Sie begann, sorgfältig mit den Händen über das dunkle Holz

zu tasten, prüfte jede Ritze und Unebenheit, alle Ecken und Kanten – vergebens.
Sie unterdrückte ein Gähnen und schaute auf ihre Uhr. Es war schon so spät. „Ich sollte nach Hause gehen“, dachte sie und wollte nach ihrem Handy greifen. Doch das war plötzlich verschwunden. Verärgert zog sie eine Schublade nach der anderen auf. Vielleicht hatte sie es versehentlich in ein Schubfach gelegt? Das letzte dachte nicht im Geringsten daran, sich zu öffnen.
„Na warte“, Frau Papou war schon ziemlich genervt, stemmte sich mit dem linken Fuß gegen den Sekretär und zog mit beiden Händen an der widerspenstigen Lade. Diese sprang, als hätte sie die Aussichtslosigkeit ihrer Lage erkannt, aus der Fassung, welche die Buchhändlerin ihrerseits beinahe verlor, und ergoss ihren Inhalt theatralisch auf den Boden der Stube.
Nachdem sie sich von ihrem Schreck erholt hatte, versuchte Frau Papou, die Schublade wieder an ihren Platz zu stecken. Doch die klemmte! Die Buchhändlerin bückte sich und blickte in die Öffnung. Und da sah sie es: das metallene Scharnier! Aufgeregt drückte sie es nach hinten, und sofort sprang seitlich eine kleine Box auf. Die Buchhändlerin rieb sich erfreut die Hände und zog sachte eine kleine Schatulle hervor.
Frau Papou schaute sich im Laden um. Nein, da war niemand, sie war nach wie vor allein. Dann lugte sie vorsichtig in das Behältnis. Überrascht zog sie ein kleines Buch hervor, das offenbar seit Jahren verborgen im Dunkeln gelegen hatte. Es war etwa so groß wie ein Taschenbuch, mit einem etwas festeren

Einband. Sie hielt es an ihre Nase. Es roch, wie Dinge riechen, wenn sie lange Zeit irgendwo eingeschlossen waren. Frau Papous Handy surrte plötzlich in ihrer Hosentasche, um sie an den morgigen Geburtstag ihrer Freundin zu erinnern. „Ach hier war es gewesen!"

Resolut verwarf Frau Papou den Gedanken an den Serienabend zu Hause, schaltete ihr Handy auf lautlos, wickelte ihr Sandwich, das sie am Morgen nicht gegessen hatte, aus dem Butterbrotpapier und schnappte sich das Buch. Sie setzte sich in den orangefarbenen Lesesessel, angelte ihre türkise Brille aus den Haaren, um sie auf der Nase zu platzieren und besah sich neugierig den Einband des Buches. „Luci" lautete der Titel. Darunter war das Bild eines Raben zu sehen.

Frau Papou biss aufgeregt von ihrem Sandwich ab. „Luci", hieß das nicht so viel wie „Licht" auf... mmhh... In irgendeinem Land hatte sie das schon gehört, aber in welchem? „Ach ja", sagte sie zu sich selbst, „das war auf Sizilien." Ihr Gedächtnis funktionierte noch bestens. Zufrieden wandte sie sich wieder dem Buch zu und erschrak: Hatte der große Rabe auf dem Cover ihr gerade zugezwinkert? Vor Schreck glitt ihr das Buch aus der Hand. Frau Papou atmete schwer. „Das ist doch Quatsch, Katrin", sagte sie zu sich selbst. Nach ein paar Augenblicken fasste sie sich ein Herz und hob das Buch wieder auf. Auf dem Einband des geheimnisvollen Werkes bewegte sich noch immer sehr lebendig diese gefiederte Kreatur. Die Buchhändlerin rieb sich entsetzt die Augen. „Das gibt es doch nicht", murmelte sie ungläubig vor sich hin. Na prima, jetzt war sie auch noch übergeschnappt!

Oder war das Buch irgendwie verzaubert? Sie zögerte, doch dann überwog ihre Neugier. Obwohl ihre Hände noch immer heftig zitterten, schlug sie das Buch auf und begann darin zu lesen. Schon bald konnte sie ihren Blick nicht mehr abwenden, gebannt verschlang sie Seite um Seite. Dann schaute Frau Papou unvermittelt auf. Sie musste sich vergewissern, dass sie noch in ihrer Bücherstube saß und sich nicht plötzlich inmitten einer skurrilen Geschichte befand.

Es war nicht zu fassen, der Inhalt des Buches enthüllte Ereignisse voller Unheil und Gefahr, die sich alle in naher Zukunft in Kirchzarten abspielen sollten. Es war zum Beispiel von Entführungen die Rede und von gestohlener Zeit. Nicht nur das Leben von Katrin Papou und allen anderen in der Bücherstube würde sich völlig verändern, sondern das von ganz Kirchzarten! Herr Kopaki, ein Professor für Künstliche Intelligenz, sollte maßgeblich an all den Veränderungen beteiligt sein. Wie war das bloß möglich? Sie hatte ihn bisher als einen freundlichen und korrekten Mann wahrgenommen. Er war öfter in ihren Laden gekommen, um in Büchern zu stöbern. Gekauft hatte er nie eins, fiel Frau Papou jetzt auf. Und als sie eingehender über ihn nachdachte: Er war doch etwas sonderbar. Er warf immer so einen „Hoffentlich-bemerkt-mich-niemand-Blick" um sich, wenn er nach einer Weile die Bücher verstohlen in das Regal zurückstellte. Die Zukunft, von der Frau Papou in diesem Buch gelesen hatte, gefiel ihr jedenfalls überhaupt nicht! Wie konnte in einem Buch aus vergangenen Zeiten so viel über die nahe Zukunft stehen? Wer konnte damals wissen, was in diesem Jahr in Kirchzarten geschehen würde? Das Buch hatte ja vermutlich nicht erst seit gestern in dieser versteckten Schublade gelegen. Vielleicht hatte es sogar jahrelang darauf gewartet, in einem ganz bestimmten Moment gefunden und gelesen zu werden. War jener Zeitpunkt genau jetzt? Frau Papou rang um Fassung und ließ das Buch sinken. Schweren Herzens entschied sie sich, die restlichen Seiten später zu lesen. Sie musste sofort den Professor aufsuchen, sich Klarheit verschaffen und ihrer Verwirrung Fakten entgegensetzen. Sie durfte keine Zeit verlieren, sie musste zu diesem merkwürdigen alten Mann gehen, bevor es vielleicht zu spät war.

Frau Papou klappte das Buch zu. Dann schlug sie es unschlüssig wieder auf. Der Text war verschwunden. Sie blickte auf leere Buchseiten, die sie wortlos anstarrten. Das war‘s, jetzt hatte sie ihre Chance vertan, das Ende der Geschichte zu erfahren. Die Buchhändlerin sackte in sich zusammen. „Moment mal!“, schoss es ihr plötzlich durch den Kopf. Sie richtete sich wieder auf und hielt sich, das noch aufgeschlagene Buch auf dem Schoß, mit beiden Händen an den Stuhllehnen fest. Irgendwo musste sie sich jetzt festhalten, um den Bezug zur Realität nicht zu verlieren. Vielleicht existierte das Ende noch gar nicht? Ja genau, so musste es sein! Es war vermutlich noch gar nicht geschrieben, sondern – sie schnappte nach Luft – die Zukunft, ihre Zukunft, ihrer aller Zukunft war noch offen! Hoffnung keimte in ihr auf. War es noch möglich, auf diese Geschichte einzuwirken? Jetzt wusste sie, was zu tun war. Das dachte sie jedenfalls. Mit einem Grummeln im Magen eilte sie aus dem Laden zum Haus des Professors, das sich nur wenige Meter weiter auf der gegenüberliegenden Straßenseite befand.

GEFIEDERTE BEGLEITER

Katrin Papou hatte vor, dem Professor von den merkwürdigen Ereignissen zu erzählen, die künftig in ihrem Ort geschehen sollten. Außerdem war sie neugierig und wollte herausfinden, inwieweit der Professor an alldem beteiligt war.

PROFESSOR KOPAKI stand mit geschwungenen Lettern auf dem Schild vor dem Eingang. Die Buchhändlerin klingelte, aber dann bemerkte sie, dass die Tür nur angelehnt war. Merkwürdig! Sie schob sie vorsichtig etwas weiter auf.

„Herr Professor“, flüsterte sie ins Haus, „sind Sie da?”

Niemand antwortete. Mit weichen Knien betrat sie einen sanft beleuchteten Flur, von dem aus sie in einen Raum gelangte. Satte, ockerfarbene Vorhänge verliehen dem Zimmer eine warme Atmosphäre. Eine imposante Litfaßsäule, in die kleine Regalfächer eingelassen waren, bot Platz für ganz viele Bücher. „Das wäre auch was für meinen Buchladen“, dachte Frau Papou noch, als ihr Blick auf den flimmernden Fernseher fiel. Der alte Ohrensessel, der in der Nähe stand, ließ sich berieseln. Er war nicht besonders wählerisch und verweilte ausdauernd vor den ständig wechselnden Bildern.

Im Aschenbecher glomm noch eine Zigarre. Der in kleinen Fäden aufsteigende Rauch verdünnisierte sich nach einer Weile und hinterließ eine leichte, nach Tabak duftende Note. Ein Stuhl lag zerborsten am Boden. „Irgendetwas stimmt hier nicht“, dachte die Buchhändlerin gerade, als plötzlich jemand laut in

ihr rechtes Ohr zu schreien begann. Zu Tode erschrocken fuhr sie herum. Auf einem Klettergerüst saß ein bunter Vogel und krähte gleich einem Mantra immerfort dieselben Worte in den Raum: „Nicht mehr hier, nicht mehr hier!" Als sich Frau Papou von ihrem ersten Schrecken langsam erholt hatte, fragte sie den Vogel mit zittriger Stimme: „Wo ist er denn, der Professor?"
„Nicht mehr hier, nicht mehr hier." Die Buchhändlerin hielt sich an einer Tischkante fest. Sie atmete schwer. „Das sehe ich auch, du neunmalkluger Papagei!"
„Nicht mehr hier, nicht mehr hier", antwortete dieser prompt. Frau Papou zitterte noch immer. Gebannt behielt sie den Vogel im Auge. Wer wusste schon, wann er das nächste Mal loskreischen würde. Dem Vogel gefiel offensichtlich ihre Aufmerksamkeit. Stolz stellte er seine Haube nach oben und plusterte sein buntes Federkleid auf. So musterten sie einander eine Zeitlang und warteten auf Professor Kopaki. Aber der kam nicht.
Frau Papou wollte gerade wieder aufbrechen, da begann der Vogel plötzlich zu fauchen.
„Pssst. Sei doch still!" Die Buchhändlerin legte ihre Stirn in Falten und hielt beschwörend den Zeigefinger vor den Mund. Als hätte er die Geste als Aufforderung verstanden, fing der Vogel plötzlich an, noch lauter zu kreischen. Er wurde immer hektischer, hüpfte aufgeregt auf seiner Stange umher und schrie warnend in den höchsten Tönen. Die Buchhändlerin, die die Sprache des Papageien leider nicht verstand, versuchte noch immer, ihn zu beruhigen. Deshalb bemerkte sie auch nicht, dass sich jetzt hinter ihr eine Gestalt bewegte.

Als sie plötzlich eine frostige Hand spürte, die ihren Nacken streifte, war es bereits zu spät. Jemand presste ihr ein mit einer Flüssigkeit getränktes Tuch unter die Nase. Panik stieg in ihr auf. Sie versuchte sich zu wehren. Dann wurde es dunkel, und sie fiel in einen tiefen Schlaf.

Als Malika am nächsten Morgen zur Schule ging, machte sie einen Umweg, der sie am Buchladen vorbeiführte. Letzte Nacht hatte sie gefühlt kein Auge zugetan und ständig darüber nachgedacht, weshalb sie gestern Abend in der Buchhandlung ein so merkwürdiges Gefühl beschlichen hatte, obwohl sie überhaupt nichts Verdächtiges gesehen hatte. Es ließ ihr einfach keine Ruhe!

Insgeheim hoffte sie, dass jetzt alles wieder ganz normal war und sie in letzter Zeit einfach zu viele Spukgeschichten, die immer ihre Fantasie beflügelten, gelesen hatte... Doch dann stockten ihr vor Schreck die Schritte: Was sich hier gerade abspielte, war definitiv nicht das, was sie sehen wollte!

Schon von Weitem konnte sie das Blaulicht des Polizeiautos erkennen, das leuchtend an den umliegenden Hauswänden entlangstrich. Ein rotweißes Band flatterte im Wind und hielt potenzielle Besucher davon ab, durch die offene Tür des Buchladens zu treten.

„Was ist denn hier passiert?", fragte Malika entsetzt die alte Frau Polte, die auch schon vor Ort war, um ihre Gerüchteküche mit neuen Zutaten zu befüllen. Sie wusste stets allerlei Anekdoten zu erzählen, die sie meist ungefragt verbreitete. „Hier geht es nicht mit rechten Dingen zu", zischte sie dem Mädchen jetzt hinter vorgehaltener Hand ins Ohr. „Was meinen Sie damit?", fragte Malika

Frau Polte beugte sich mit verschwörerischem Blick zu Malika herunter: „In der Buchhandlung gibt es Okupisten, und die haben unsere Hüterin der Bücher entführt." Die Alte setzte eine gewichtige Miene auf. Malika erschrak, obwohl sie gar nicht wusste, was Okupisten sind.

„Man sollte Frau Polte nicht immer glauben", hatte ihr Astrid Buchfink, die Mitarbeiterin von Frau Papou neulich erst zugeflüstert, als Frau Polte Malika in der Buchhandlung erzählt hatte, dass sich neuerdings einige Vögel sonderbar verhielten. Schleunigst entfernte sich Malika jetzt deshalb von dieser wunderlichen Person. Dann hörte sie zufällig mit, wie Frau Buchfink einem der Polizisten erklärte: „Die Tür war unverschlossen, und zu Hause ist sie nicht erreichbar. Normalerweise würde Frau Papou um diese Uhrzeit längst im Laden stehen."

Frau Buchfink versuchte, ihre frechen Locken mit einem Haarband zu bändigen und Malika bemerkte die Sorge in ihrer Stimme, als sie weitererzählte: „Unser Saugroboter saugte heute früh noch immer den Boden, als ich in den Laden kam", fuhr sie fort. „Genaugenommen brummte er nur noch leicht vor sich hin, weil der alte SE 1000 Soft die ganze Nacht über weitergesaugt hat. Vielleicht ist das ja gar nicht wichtig, aber normalerweise stellt Frau Papou ihn immer ab, bevor sie am Abend den Laden verlässt." Der Polizist notierte auf seinem Block: Buchhändlerin verschwunden – Tür unverschlossen – Staubsauger brummt. „Sonst noch etwas?" Der Uniformierte schaute von seinem Notizblock auf.

„Ach ja, das hätte ich in der ganzen Aufregung fast vergessen", Frau Buchfink schien ganz nervös zu werden: „An dem alten Sekretär stand ein Fach offen, das ich zuvor noch nie bemerkt hatte." „Können Sie mir das zeigen?", brummte der Polizist etwas gelangweilt. Offensichtlich konnte er sich nicht vorstellen, dass irgendein Fach in einem alten Möbelstück etwas mit dem Verschwinden der Buchhändlerin zu tun haben könnte.

Als die beiden rätselnd im Laden vor dem Sekretär standen, nutzte Malika die Situation: Sie hob das Absperrband hoch und bückte sich darunter hindurch, um ebenfalls in die Bücherstube zu gelangen. Hope musste wieder draußen warten. Widerwillig gehorchte die Hündin, die Malika seit gestern wie ein Schatten folgte. Die Sonne schien, die Stube war von Licht durchflutet und die gruselige Stimmung der Nacht war verflogen. Leise schlich sich Malika an den Erwachsenen vorbei und steuerte auf den Sessel zu. Das Buch lag noch immer auf dem Stuhl und schien ihr: „Nimm mich mit!" zuzurufen. Vorsichtig schaute sie sich um. Noch war niemand in ihrer Nähe. Sie streckte ihre Hand aus und schob das Buch flink unter ihre Jacke.

„Schauen Sie doch bitte mal, was sich hier noch verändert haben könnte", hörte sie da schon eine tiefe Männerstimme hinter sich sagen, die sogleich einen ärgerlichen Ton annahm. „Was hast du hier zu suchen?“, blaffte der Polizist sie an. Er schob seine Mütze zurück, die ihm etwas ins Gesicht gerutscht war. In seinem rötlichen Schnauzer hatten sich noch Reste des zuvor verzehrten Frühstücks verfangen. Seine dunklen Augen schauten misstrauisch. Fast wäre Malika vor Schreck das Buch unter der Kleidung hindurch gerutscht. „Ich bin hier nur, weil ich … äh … ich … mein Helm“, brachte sie stotternd hervor und hielt ihn dem Polizisten unter die Nase. Erfreulicherweise genügte dem Wachmann das Gestammel als Begründung. Er schnaubte kurz und machte eine Kopfbewegung, die Richtung Ausgang wies. Malika rannte aus dem Laden, als ginge es um ihr Leben. Hope hatte sie schnell eingeholt und flitzte neben ihr her.

Als sie weit genug weg waren, kniff Malika sich heftig in den Arm. Sofort rötete sich die Stelle. Das war definitiv keine dieser Geschichten, die sie täglich in Büchern las. Sie kramte ihr Handy aus der Schultasche und tippte eilig eine Nachricht in den Bücherhaie-Chat: „Heute Treffen vor der Eisdiele um 14 Uhr, es geht um Leben und Tod". Sie musste Phil, Jonas, Tinka und Karl unbedingt berichten, was sich seit gestern zugetragen hatte.

Am frühen Nachmittag trudelten langsam alle fünf Kinder unter dem japanischen Schnurbaum vor dem Eiscafé ein. Zuerst waren Karl und Malika da. Natürlich war auch Hope wieder dabei. Sie war Malika bis in die Schule gefolgt und hatte sich entschieden geweigert, nach Hause zu gehen. Schließlich wurde ihr ausnahmsweise erlaubt, im Flur vor dem Klassenzimmer zu warten, nachdem es auch der Lehrerin nicht gelungen war, den Hund umzustimmen. „Das bleibt eine absolute Ausnahme, verstehst du?", hatte die Lehrerin eindringlich gesagt, und Malika hatte stumm genickt. In ihrer schwarzen Kleidung, die sie immer trug, wirkte sie cool und selbstbewusst. Aber das täuschte, denn das war nur ihre harte Schale, die sie sich zugelegt hatte, seit ihre Eltern sich scheiden lassen wollten. Ihre dunkelblauen Augen verrieten manchmal etwas anderes als ihr cooles Outfit glauben machen wollte. Sie gaben eine Seite preis, die Malika nicht jedem zeigte, eine weiche, verletzliche Seite.
„Was ist denn eigentlich passiert? Erzähl schon!" Karl formte eine Blase mit seinem Kaugummi. Das tat er oft, wenn er nervös

war. Karl war erst seit kurzem in Malikas Familie. Er wurde adoptiert. „Ich habe die beste Schwester der Welt“, dachte er, als er sie ansah. Malika hatte eine Sendung über ein Kinderheim gesehen und fand es sehr schlimm, dass es Kinder ohne Eltern gab. Deshalb hatte sie ihre Eltern jeden Tag angefleht, eines von ihnen in die Familie aufzunehmen: Sie gaben schließlich nach. Dass Malika dahintersteckte, hatte Karl erst erfahren, als er zufällig mitanhören musste, wie seine Eltern sich wieder einmal gegenseitig beschimpften. Trotzdem fühlte er sich in der Familie wohl, auch wenn es viel Streit gab. Besser als im Kinderheim war es allemal. Malika war sehr aufgewühlt. Sie hatte es den ganzen Schultag über kaum erwarten können, den anderen zu schildern, was alles passiert war. Und jetzt saß sie da und wusste erst einmal gar nicht, wo sie anfangen sollte. Es fühlte sich an, als hätte sie plötzlich alle Worte verschluckt. Jetzt steckte auch noch ein dicker Kloß in ihrem Hals und der ließ nicht einen einzigen Ton entweichen. Karl zog ungeduldig seinen Kaugummi lang und steckte ihn wieder in den Mund, um danach noch heftiger darauf herumzukauen, während Malika verzweifelt versuchte, ihre Sprache wiederzufinden.
Da kam Phil rasant mit seinem Rollstuhl angefahren, bremste elegant kurz vor Malika ab und streckte ihr sein Eis entgegen. Dankbar nahm sie die Waffel und schleckte erst einmal das ganze Ananas-Vanille-Eis auf. Das tat gut! Als die Kälte ihren Hals hinabrann, löste sich der Kloß langsam auf, und sie wurde etwas entspannter. Jetzt sprudelte es aus ihr heraus: Malika erzählte davon, wie sie am Abend zuvor zur Bücherstube gefahren war,

um schnell den vergessenen Fahrradhelm zu holen; dass die alte Frau Polte ihr etwas von Okupisten erzählt hatte; von ihrem merkwürdigen Gefühl im Buchladen – und dass die Buchhändlerin verschwunden war; und schließlich, wie der Polizist sie beinahe dabei erwischt hätte, als sie sich das Buch unter den Pulli gesteckt hatte.

„Genaugenommen hast du es ja dann geklaut", warf Karl ein, nachdem er kurz darüber nachgedacht hatte. Malika schaute ihn erschrocken an. Karl korrigierte sich gleich, als er ihren bestürzten Blick sah: „Ich meine, du hast dir das Buch sicher nur ausgeliehen, so wie wir Bücherhaie es ja öfter tun." Malika nickte dankbar.

Karl wusste, dass seine Schwester immer gut auf andere achtete. Nur sich selbst brachte sie ab und an in Gefahr, weil sie so mutig war. Gedankenverloren kaute Karl auf der weißen Knetmasse in seinem Mund herum. „Was sind eigentlich Okupisten?", wollte er dann wissen. Tinka zückte sogleich ihr Handy und googelte danach. Da steht nichts über sie drin.

„Moment mal", eifrig tippte sie das Wort bei Chat-GPT ein. Nichts. „Die gibt es gar nicht", rief sie erstaunt.

„Ich sag's ja", platzte Jonas völlig außer Puste in die Unterhaltung. Er kam in diesem Moment auf seinem Skateboard angerast und hatte die letzten Worte noch mitbekommen. „Mit Frau Polte muss man vorsichtig sein, ihr dürft ihr nicht alles glauben." Geschickt trat er mit dem Fuß auf das hintere Ende seines Boards, um die Nose in die Luft zu kicken und danach zu greifen. Jonas ging in die fünfte Klasse einer weiterführenden Schule und sein Lieblingsfach war Sport. In ein paar Jahren wollte er Profiskater sein, deshalb war er jede freie Minute auf dem Board unterwegs. „So will ich auch einmal sein“, dachte Karl, als Jonas sich zu ihnen setzte, die verstrubbelten Haare unter einer Cap gebändigt. Jonas schnappte den bewundernden Blick von Karl auf und wurde ganz verlegen.

„Jetzt sind wir immerhin im Besitz des Buches.“ Malika lächelte, und auf ihren Wangen zeichneten sich kleine Grübchen ab. „Und ich glaube, es hat etwas mit dem Verschwinden unserer Buchhändlerin zu tun.“ Sie dachte an die sonderbare Stimmung in der Bücherstube gestern Abend, an den verwaisten Sessel und die Krümel auf dem Boden.

Malika hatte schon den ganzen Vormittag in der Schule mit sich gerungen, ob sie geschwind einen Blick in das Buch werfen sollte. Aber sie hatte auch Angst davor gehabt, weil sie nicht wusste, was sie erwartete. Deshalb hatte sie das Buch irgendwann in ihre Schultasche gesteckt und ihr Vorhaben auf später verschoben, wenn sie mit den anderen zusammen sein würde.

Jetzt strich sie versonnen über das Buch. Auf dem Einband war ein schwarzer Vogel zu sehen. Hope legte erwartungsvoll ihren Kopf auf Malikas Knie. Die Kinder waren still geworden. Niemand wagte Malika zu fragen, wann sie das Buch endlich aufklappen würde. Bis Jonas es nicht mehr aushielt: „Nun mach schon, schlag endlich das Buch auf oder sollen wir erst noch ein Kaffeekränzchen halten?“ Mit einer lässigen Geste klappte er seine Pausendose auf, fischte nach dem trockenen Kuchen seiner Tante und deutete mit einem verschmitzten Lächeln an, etwas davon abzugeben. Erschrocken schauten die anderen das Gebäck an – sie wussten nur zu gut, dass es ungenießbar war. Sie wichen zurück. Jonas grinste. Mit dem Gebäck, das seine Tante ihm wöchentlich zusteckte, konnte er die anderen noch immer ärgern. Sie alle hatten schon davon gegessen und danach versucht, die Stücke heimlich wieder auszuspucken, weil sie ihn nicht kränken wollten. Das wusste er, aber er verhielt sich so, als hätte er es noch nie bemerkt.

Malika schaute sich verstohlen um. Außer den Bücherhaien saß niemand vor der Eisdiele. Schnell öffnete sie das Buch, und alle rückten näher zusammen. Fünf erwartungsvolle Augenpaare starrten auf die Seiten und sahen – nichts. Enttäuscht wollte Malika das Buch gerade wieder zuklappen, da hielt Jonas ihren Arm fest: „Halt, warte mal... sieh doch, da tut sich etwas!"

Malika fiel das Buch aus den Händen und es landete auf dem Boden. Sie konnte sich gar nicht erklären, woher plötzlich dieser Rabe kam, der ihr aus der Seite entgegenglotzte. „Das ist Wahnsinn!", rief sie und sah ihre Freunde entgeistert an. Während sie jetzt alle auf den Boden stierten, krächzte der Wahnsinn auch noch: „Aschtet auf die Scheischen!" aus dem Buch. „Hat er gerade etwas gesagt?", wollte Jonas wissen, aber heraus kam nur ein Quäken, weil er so fassungslos war. „Aschtet auf die Scheischen", wiederholte der Vogel ein bisschen genervt. Vermutlich, weil sie ihn nicht gleich verstanden. „Ein Rabe, der sprechen kann, gibt's sowas oder spinne ich jetzt?" Jonas beugte sich vorsichtig nach vorn, um dieses sonderbare Geschöpf näher zu betrachten. Der Rabe hielt diesem prüfenden Blick stand,

dann krächzte er: „Spinne ich, spinne ich?“, aus dem Buch. Die Kinder brachen in schallendes Gelächter aus, und Hope wedelte irritiert mit dem Schwanz.
„Wer bist du?“, fragte Malika, die als erste wieder sprechen konnte. „Purxel“, antwortete der Vogel. Malika krallte sich jetzt an Jonas fest. Sie musste träumen, das war doch nicht real. „Bist du ein echter Ra-Rabe?“, stammelte sie schließlich. Der Vogel nickte so heftig, dass er beinahe aus dem Buch gepurzelt wäre. Er plumpste nach hinten und streckte den verwunderten Kindern seine dürren Vogelbeinchen entgegen. Das sah so drollig aus, dass diese ihre anfängliche Furcht verloren.
Dann war der ganze Spuk vorbei. In dem Buch, das noch immer aufgeschlagen auf dem Boden lag, war nur noch die Zeichnung eines Raben zu sehen. Die Kinder starrten auf das Bild. „Auf welche Zeichen sollen wir jetzt achten, auf eine tote Maus im Marmeladenglas oder wenn ein Elefant bei Vollmond drei Mal hustet?“ Jonas wollte die Situation auflockern. Aber seine Bemühungen verloren sich in der leichten Brise, die gerade aufkam und die Kinder frösteln ließ.
Jetzt schob sich Phil nach vorn. Bisher hatte er sich zurückgehalten. Er und Malika waren schon 12 Jahre alt und die Ältesten der Gruppe. Beide gingen in die sechste Klasse. Zu ihrem Bedauern waren sie in Parallelklassen eingeteilt worden. Dabei waren sie schon in der Grundschule eng befreundet gewesen, sogar schon vor dem Schwimmunfall vor vier Jahren. Phil war damals in der Schwimmhalle am Beckenrand ausgerutscht und so unglücklich auf den Rücken gefallen, dass ihm seither seine

Beine den Dienst versagten. Phil hatte lange mit seinem Schicksal gehadert. Doch schließlich hatte er sein neues Leben annehmen können, mehr noch: Phil war sogar noch hilfsbereiter und klüger als vor dem Unfall geworden, fast schon weise. „Er hatte so etwas wie das goldene Licht in sich gefunden", dachte Malika immer, wenn sie ihn sah. Und das Licht steckte alle an, die in seiner Nähe waren. Die anderen Bücherhaie schätzten ihn sehr, und wenn sie Probleme, eine Klausur vergeigt oder Liebeskummer hatten, gingen sie immer zu ihm.

„Möglicherweise steht noch etwas auf der nächsten Seite", meinte Phil und schaute die anderen fragend an. Phil sagte oft „möglicherweise", aber meistens trat es dann auch ein: Möglicherweise schreiben wir morgen eine Matheklausur – dann schrieben sie eine Matheklausur. Möglicherweise regnet es heute Nachmittag – dann goss es in Strömen. Gestern hatte er zum Beispiel gemeint: „Möglicherweise kommt gleich die alte Frau Polte um die Ecke!", und zack, stand sie da und wollte ihnen das Neueste aus ihrer Gerüchteküche auftischen. Aber die Kinder hatten keinen Appetit und rannten eiligst davon.

„Und wer blättert um?", fragte Tinka mit zittriger Stimme. Sie und Karl waren die jüngsten Bücherhaie. Tinka war mit ihrer Familie schon weit in der Welt herumgekommen, sie hatte in Marokko, Indien und auf den Kanaren gelebt und schon viel gesehen, aber so einem Purxel war sie noch nie begegnet.

Phil schlug vor, dafür Schere, Stein, Papier zu spielen. „Wer gewinnt, darf blättern!" Er hielt mit ausgestrecktem Arm seine Faust in die Mitte. Phil wusste, dass Tinka bei diesem Spiel meist

gewann. Es dauerte aber doch noch mehrere Runden, bis nur noch er und Tinka übrigblieben. Er wollte Tinka, die immer nervöser wurde, auf jeden Fall gewinnen lassen. Leider ging es diesmal schief. Phil machte extra einen Stein, damit sie Papier nehmen konnte, wie sie es immer tat, doch dann formte sie in letzter Sekunde die Hände zu einer Schere. Phil seufzte. Alle wussten, dass er Tinka sehr mochte.
Malika gab Phil das Buch, damit er umblättern konnte. Diesmal wurde er von seinem „möglicherweise" selbst überrumpelt. Er war es gewohnt, dass er mit seinem „goldenen Licht", wie die Kinder seine innere Stimme nannten, meist richtiglag, aber das hier hatte er auch nicht erwartet. Kaum hatte er die erste Seite aufgeschlagen, schrie er erschrocken auf. „Iiiiiih!" Das Buch glitt auch ihm aus den Händen und fiel erneut auf den Boden. Anstelle des fast schon vertrauten Vogels erschienen jetzt Hexen und Teufel, die sie anfunkelten, als seien sie wütend darüber, plötzlich auf den Pflastersteinen zu liegen. Entsetzt wichen die Kinder zurück, selbst Hope flüchtete um die nächste Häuserecke. Was hatte das nun schon wieder zu bedeuten?
Da, ein Geräusch – was war das? Die Buchseiten begannen sich zu wölben, ein Rascheln, ein Scharren. Die gruseligen Figuren waren verschwunden, stattdessen lugte Purxel wieder vorsichtig zwischen den Papierseiten hervor.
„Kann bitte jemand das Buch aufheben?", fragte Phil mit tonloser Stimme, aber alle standen wie versteinert da und starrten auf den Boden. Schließlich sprang Malika auf und legte das Buch behutsam auf Phils Beine.

Zögernd kam Hope näher, um an dem Vogel zu schnuppern. Phil schob den Hund sanft zur Seite und schaute noch etwas furchtsam in das Buch, das er jetzt wieder in seinen zitternden Händen hielt. „Aschtet auf die Scheischen“, sagte der Vogel schon wieder und blickte Phil mit seinen schwarzen Augen eindringlich an. „Was meinst du damit, auf welche Zeichen sollen wir denn achten?“, fragte Phil den schwarzen Vogel. Der benahm sich so ausgelassen, dass er beinahe aus der Seite fiel. Phil konnte ihn gerade noch mit einer Hand auffangen. „Wir verstehen nicht, was du uns sagen willst“, sagte er zu dem Vogel.
Tinka hatte schon nach Raben gegoogelt. Sie war schnell, wenn sie etwas interessierte. „Du musst ihm eben genau zuhören“, sagte sie zu Phil. „Sie können zum Beispiel Geräusche nachahmen, besonders, wenn sie in der Nähe von Menschen aufwachsen.“ „Iiiiih!“ Als wolle Purxel dies bestätigen, ahmte er Phils Ausruf nach, als ihm das Buch aus den Händen geglitten war. Die Kinder lachten. „Raben können sich auch Gesichter merken“, fuhr Tinka fort. Purxel legte den Kopf schief und schaute zu ihr hinüber. Tinka grinste. „Sie sind besonders intelligent und lernen sehr schnell“, schloss sie ihre Ausführungen, nachdem sich das Gelächter gelegt hatte. Phil strich dem Raben liebevoll über die kleinen struppigen Federn auf seiner Stirn, und Purxel gurrte zufrieden.
Dann hüpfte der Rabe wieder in das Buch. Mit einem lauten Knall schlug es zu. Besorgt klappte Phil es sofort wieder auf, weil er befürchtete, dass der Rabe sich dabei verletzt hatte, aber der Vogel war verschwunden. „Wie hast du das gemacht?“

Tinka schaute Phil bewundernd mit ihren meergrünen Augen an. Er zuckte betont lässig mit den Schultern und versuchte, indem er sich ihr zuwandte, sich seine Aufregung nicht anmerken zu lassen. „Ich habe keine Ahnung."
In Karls rötlichen Locken verfingen sich die letzten Sonnenstrahlen. Nachdem er die Spukerlebnisse bisher mit etwas Abstand betrachtet hatte, nahm er seinen ganzen Mut zusammen und schob die anderen unbeholfen beiseite. Er griff nach dem Buch und blätterte darin. Die anderen ließen ihn gewähren. Doch im Buch tat sich nichts mehr, es waren nur noch weiße Seiten zu sehen. Verstört formte Karl mit seinem Kaugummi eine Blase, bis sie platzte und die Reste sich in Karls Gesicht verteilten. Eine Frau ging an den Kindern vorbei und schüttelte angewidert den Kopf.
„Was hat das alles zu bedeuten?", Tinka pustete ihren Pony aus der Stirn.
„Ich weiß es nicht", sagte Phil nachdenklich.
Karl hob den Kopf und kratzte sich verstohlen die Überbleibsel der geplatzten Kaugummiblase aus dem Gesicht. „Was machen wir jetzt?"
„Ich glaube, dass ich das Buch nicht zufällig gefunden habe", sagte Malika und blickte gedankenverloren auf die weißen Seiten. „Was meinst du damit?" Karl schaute seine große Schwester fragend an.
„Ich glaube, dass wir mit Hilfe des Buches unsere Buchhändlerin wiederfinden sollen," entgegnete sie feierlich. „Oh ja!" Karl geriet fast aus dem Häuschen, „der Buchclub darf sich nicht

auflösen!“ Er klatschte fröhlich in die Hände. Seit er durch seine große Schwester zu den Bücherhaien gekommen war, fühlte er sich wohl unter ihnen, weil er angenommen wurde, wie er war: ein Kaugummi kauender Computerfreak, aufbrausend und sehr emotional.

„Das finde ich auch“, meinte Phil, und um diese Aussage zu bekräftigen, ergriff er rechts und links die Hände von Malika und Karl, woraufhin sich alle im Kreis an den Händen fassten. „Für dich – mich – alle, gemeinsam sind wir stark“, rief Phil in die Runde. „Für dich – mich – alle, gemeinsam sind wir stark“, antworteten die anderen.

„Wir Bücherhaie finden Frau Papou“, meinte Tinka euphorisch. Dann schaute sie auf ihre Armbanduhr.

„Oh je“, rief sie erschrocken und packte hastig ihre Sachen zusammen. „Ich hab ja gleich Unterricht!“ Tinka lernte seit einiger Zeit Hindi, die Muttersprache ihres Vaters, bei einem freundlichen Lehrer mit gutmütigem Lächeln, der jedoch sehr viel Wert auf Pünktlichkeit legte.

„Das mit dem Buch“, meinte Phil noch, bevor sie alle auseinandergingen, „das bleibt unser Geheimnis, oder?“ Er schaute die anderen fragend an. Alle nickten verschwörerisch, und Karl meinte: „Uns würde ja sowieso niemand glauben.“ Damit hatte er vermutlich Recht, sie konnten es ja selbst kaum fassen.

„Kannst du es aufbewahren?“, Malika sah Phil an und deutete auf das Buch in Karls Hand. Phil nickte und Karl reichte ihm das Buch. „Bis morgen“, meinte Phil, „dann schauen wir wieder ins Buch, bestimmt wird es sich etwas Neues für uns ausdenken.“

Alle nickten eifrig und begaben sich nach Hause. Jonas blieb noch einen Moment da und sah ihnen hinterher, bis die langen Häuserschatten, die sich schon langsam in der untergehenden Sonne auf die Straßen warfen, sie verschluckten. Dann nahm er sein Skateboard auf und sauste davon.

EINE AUSSERGEWÖHNLICHE BEGEGNUNG

In Kirchzarten waren inzwischen fast alle auf der Suche nach der Buchhändlerin. Da die Polizei bisher keine Erfolge verbuchen konnte, hatten die völlig aufgelösten Mitarbeiterinnen der Kirchzartener Bücherstube Suchtrupps aktiviert: Von der Klatschbase Frau Polte über die Stammtisch-Besatzung der Dorfkneipe bis hin zur Hundeschule – alle schnüffelten jetzt nach Hinweisen, als gäbe es ein kostenloses Abendessen oder ein Bücher-Abo als Finderlohn. Doch Frau Papou blieb verschwunden. Ein Professor namens Kopaki wurde ebenfalls vermisst. Ob diese beiden Fälle allerdings zusammenhingen, konnte bisher nicht belegt werden.

Stattdessen war eine junge Frau in der Eisdiele aufgetaucht. Sie mischte sich unter die Leute und stellte seltsame Fragen über den Verbleib von Frau Papou. „Weshalb will sie das denn wissen?“, flüsterte Jonas seinem Freund Phil zu, als sie wieder einmal aufgetaucht war. „Die hab ich hier vorher noch nie gesehen. Sie kennt unsere Buchhändlerin doch gar nicht.“ Phil drehte schwungvoll seinen Rollstuhl um und schaute interessiert zu ihr hinüber. „Sehr merkwürdig“, meinte er dann, als er die blonde Frau genauer betrachtete, die in einem hübschen Kostümkleid steckte. Es tauchten auch immer wieder zwei fremde junge Männer auf: ein Blonder mit vielen Sommersprossen im Gesicht, der andere mit Sonnenbrille und dunklem Bart. Wie es in einer Kleinstadt so üblich ist, gab es die wildesten Spekulationen über sie, woran Frau Polte keinen unerheblichen Anteil hatte: vom Geheimdienst über ausländische Spione bis hin zu Mitgliedern einer Sekte war alles dabei. Da sie diese Gerüchte großzügig verbreitete, wollte man fortan die Neuen im Blick haben. Das war allerdings alles andere als einfach, denn niemand wusste, wo sie wohnten.

Am nächsten Tag, einem Freitag, trafen sich die Kinder gleich nach der Schule. Phil hatte das Buch dabei, das anfangs wieder einem unbeschriebenen Notizblock glich. Tinka hielt es an der vorderen Einbandseite fest und begann es zu schütteln. Sie hoffte, Purxel würde wieder herausfallen. Stattdessen quoll plötzlich Schaum aus dem Buch, bis es unversehens wieder zuschlug. Angeekelt wischte sich Tinka ihre Hände an der Hose ab. Ratlos sahen die Kinder sich an. Was sollte das nun wieder bedeuten? Zuerst zeigte es ihnen Hexen und Teufel und jetzt das! „Ich glaube, das Buch will uns zum Narren halten." Jonas rutschte nervös auf dem Stuhl hin und her. „Aber ich muss jetzt sowieso los", sagte er dann plötzlich, schnappte sein Board und skatete davon. Die Bücherhaie sahen ihm verwundert nach.
Wie zufällig fuhr Jonas bis zum Brunnen in der Fußgängerzone. Dort nahm er das Board auf und schaute sich verstohlen um. Als er sicher war, dass ihn niemand beobachtete, stellte er sich mit dem Rücken zum Becken und schloss für einen Augenblick die Augen. Die warme Maisonne schien ihm ins Gesicht. Tinka hatte ihm einmal erzählt, dass sich ein Wunsch erfüllen würde,

wenn man eine Münze in den Brunnen warf. Damals hatte er das mit einer lässigen Geste abgetan und sie ausgelacht. Als er gestern aber erfahren hatte, dass seine Mutter sehr krank war, wollte er alles, was in seiner Macht stand, tun, wenn sie nur wieder gesund werden würde. Auch wenn das hieß, an Wunder zu glauben. So verzweifelt war er, dass er deshalb jetzt ein Geldstück über seine rechte Schulter ins Wasser schnippte. Jonas schaute der Münze rasch hinterher, weil er sichergehen wollte, dass sie ihr Ziel erreichte.

Da lag er nun, sein Wunsch, am Brunnengrund und mischte sich schnell unter unzählig andere, in Geldstücke verpackte Wünsche.

„Was machst du denn da?", hörte Jonas plötzlich eine fremde Stimme neben sich fragen. Erschrocken fuhr er herum. Er war so mit Wünschen beschäftigt gewesen, dass er niemanden hatte kommen hören. Neben ihm stand der sommersprossige junge Mann, einer von den drei Leuten, die erst vor kurzem hier in Kirchzarten aufgetaucht waren. „Nichts." Jonas stellte das Board auf den Boden und steckte die Hände in die Hosentasche. Er versuchte, seine Verlegenheit vor dem Mann zu verbergen und überlegte, wie er am schnellsten von hier wegkommen könnte.

„Darf man denn Dinge in den Brunnen werfen?“, wollte der Sommersprossige nun wissen. „Ich glaube schon…“ Jonas errötete. „Aber das ist nur in Ordnung, wenn du dir etwas wünschst.“ Beschämt schaute er auf den Boden, aber er spürte, dass die Blicke des Mannes noch immer auf ihn gerichtet waren.
„Und was, wenn sich dein Wunsch nicht erfüllt?“, fragte dieser. „Was passiert, wenn zum Beispiel die Hexen und Teufel, die von dort oben den Brunnen bewachen, sich nachts die ganzen Münzen holen?“ Er grinste und deutete zu der Skulptur, welche die Mitte des Brunnens zierte. Jonas schaute nach oben und seine Gesichtszüge beschlossen, sich selbstständig zu machen. Oh Mann, die Skulptur zeigte genau die Hexen und Teufel, die er vor Kurzem im magischen Buch gesehen hatte. Weshalb war ihm das nicht schon früher aufgefallen? Andererseits wusste er auch nicht, was er mit dieser Information hätte anfangen können. Nachdenklich kratzte er sich am Hals.
„Ich werde etwas anderes in den Brunnen werfen“, sagte der Mann in einem belanglosen Tonfall. Er schien den veränderten Gesichtsausdruck des Jungen gar nicht zu bemerken.
Irgendetwas war seltsam an diesem Mann, er hatte auf einmal auch einen ganz eigenartigen Blick. Jonas hatte kurz den Impuls, danach zu fragen, was der Mann in den Brunnen hineinwerfen wollte, beschloss dann jedoch, sich nicht länger damit zu beschäftigen und das ungute Gefühl, das in ihm aufstieg, einfach beiseitezuschieben. Jonas tippte mit seiner Hand kurz an seine Cap. „Man sieht sich!“ Er lächelte und fuhr auf seinem Board Richtung Grundschule davon.

Plötzlich hielt Jonas abrupt an. „Krass!“, rief er, als er nochmal an die Bilder aus dem magischen Buch dachte: Gestern waren die angsteinflößenden Hexen und Teufel erschienen. Das Buch hatte also irgendetwas mit dem Narrenbrunnen zu tun, an dem er gerade gewesen war. Und heute floss Schaum aus dem Buch. Plötzlich wusste Jonas, was der Typ hineinwerfen wollte. Er musste ihn aufhalten! Jonas sprang auf sein Skateboard und fuhr so schnell er konnte wieder zurück. Aber der Mann war längst verschwunden. Stattdessen kroch glibberige Seifenlauge über den Rand des Brunnens. Jonas sprang wieder auf sein Board. Er musste schleunigst die Bücherhaie darüber informieren, was sich hier gerade ereignet hatte. Deshalb tippte er: „Treffen in zehn Minuten vor der Eisdiele“ in sein Handy.

Während ganz Kirchzarten nach ihr suchte, war Frau Papou inzwischen auf einem staubigen, düsteren Dachboden wieder zu sich gekommen. Eine trübe alte Hängelampe warf ihr spärliches Licht auf ein Spinnennetz, in dem sich eine Fliege verfangen hatte. Die Buchhändlerin beobachtete, wie die Erbauerin des Kunstwerks leichtfüßig wie eine Seiltänzerin über die silbernen Fäden glitt, um sich langsam ihrem zappelnden Opfer zu nähern.
Hoffnungslos und gefangen, wie diese kleine Fliege im Netz, so fühlte sich Katrin Papou auch! Sie konnte nicht sagen, wie lange

sie hier schon festgehalten wurde. Zumindest war sie hier auf den verschrobenen Professor getroffen, nach dem sie gesucht und dabei nur sein leeres Haus und einen Papageien vorgefunden hatte. Professor Kopaki raufte sich ständig seine weißen Haare, die schon nach allen Seiten abstanden und murmelte unablässig: „Wie konnte mir das nur passieren?“, vor sich hin.

„Jetzt ist es aber mal gut!“ Frau Papou riss langsam der Geduldsfaden, der bei ihr ohnehin nicht sehr stabil war. „Wollen Sie mir nicht endlich sagen, was passiert ist? Weshalb werden wir hier festgehalten? Vielleicht können wir uns zusammentun, um uns aus dieser Lage zu befreien?“ Als der Professor wieder nichts erwiderte, schaute sich die Buchhändlerin etwas genauer in dem alten Speicher um. Alles war mit einem grauen Staubschleier überzogen. In einer Ecke lag Mäusedreck. Nichts deutete auch nur im Geringsten darauf hin, dass dieser Ort noch genutzt wurde. Es roch nach Staub und altem Gerümpel, das vergessen in der Ecke stand. Der alte Roulettetisch mit dem kreisrunden grünen Filz in der Mitte hatte sicher auch schon bessere Zeiten erlebt. Frau Papou stellte sich vor, wie sich dort einst die Gemüter beim Spielen erhitzt hatten. Der Schreibtisch dahinter könnte einer Vorzimmerdame gedient haben, die dazu befugt gewesen war, ausgewählte Besucher an höhere Etagen weiterzuleiten oder abzuweisen. Aber die Vergessenen – den Roulettetisch und den Sekretär aus dem Vorzimmer – schien es nicht sonderlich zu stören, nun im staubigen Dachstuhl vor sich hin zu altern.

„Zu spät, zu spät“, hörte die Buchhändlerin den Professor abermals von der anderen Seite des Raumes klagen. Verständnislos

schüttelte sie den Kopf. Die monotonen Wiederholungen ließen sie an den bunten Papageien denken, dem sie im Haus des Professors begegnet war, und der sich ähnlich angehört hatte wie der Professor. Jetzt erst wurde ihr klar, dass es sich bei diesem kreischenden Tier um Kopakis Vogel handeln musste. Und dann imitierte sie aus einer Laune heraus den Papageien, vielleicht weil sie aufgebracht war oder hilflos – oder weil ihr eben gerade auch nichts Besseres einfallen wollte: „Nicht mehr hier, nicht mehr hier“ krächzte sie schrill.
Der alte Mann hob schlagartig den Kopf. „Sie kennen meine Hilda?“, rief er durch den verschmutzten Speicher. Der Professor war plötzlich von dem unbequemen Holzstuhl aufgesprungen und blickte Frau Papou aus seinen schwermütigen Augen fragend an. Die Hüterin der Bücher, die sich gar nicht mehr als solche empfand, erwiderte überrascht seinen Blick. Es schien, als verweilte dieser Moment länger, als ihm gebührte. Erst als die Uhr von Frau Papou mit einem kleinen Klicken des Zeigers respektlos diese Stille unterbrach und somit wieder die Zeit einzuläuten schien, antwortete Frau Papou auf die Frage: „Kennen ist vielleicht übertrieben, aber die Begegnung mit diesem Vogel wird mir immer in Erinnerung bleiben.“
Sie musste unwillkürlich lächeln. „Ich habe etwas ganz Erstaunliches über Sie gelesen“, fügte sie dann hinzu und schaute den Professor prüfend an. Als er keine Reaktion zeigte, fuhr sie fort: „Ich wollte Sie aufsuchen, um mit Ihnen darüber zu sprechen. Als ich dann in Ihrem Haus stand, kreischte der Vogel mir plötzlich ins Ohr. Vermutlich wollte er mich warnen. Aber da

war es leider schon zu spät. Ich nehme an, jemand hat mich betäubt und hierher geschleppt", beendete sie leicht gequält ihren Satz. „Jetzt würde ich gern von Ihnen wissen, was hier vor sich geht ..."

Der Professor antwortete nicht. Nach einer Weile fragte er: „Wissen Sie, ob es Hilda gut geht?"

Frau Papou seufzte. „Als ich diesem Papageien begegnet bin, ging es ihm prächtig", meinte sie, „aber lassen Sie uns doch bitte jetzt über etwas anderes sprechen."

Die Buchhändlerin schaute Herrn Kopaki flehend an, der sich ihr, wie sie bereits befürchtet hatte, schon wieder entzog und in seine ursprüngliche Position auf dem Holzstuhl zurücksackte. Frau Papou hatte kurz den Impuls, zum Fenster zu gehen und um Hilfe zu rufen. Aber sie war zu verwirrt von der ganzen Situation und zu erschöpft, als dass sie sich noch hätte bewegen können.

Während Jonas zum Treffpunkt vor der Eisdiele unterwegs war, kletterten aus dem Brunnen der Narrenzunft am Anfang der Fußgängerzone sprudelnde Schaummonster über den Rand des Beckens, um sogleich in sich zusammenzusacken und als seifige Masse durch die ganze Ortschaft zu fließen, als gelte es, einen Marathon zu gewinnen.

Die Bewohner von Kirchzarten standen im Nu mit großen Schrubbern und Eimern parat, um Seite an Seite die schmierige Substanz einzufangen.
Malika hatte davon nichts mitbekommen. Sie stand auf der Brücke, die über den Osterbach führte, und warf kleine Steinchen über das Geländer. Ein Seufzer entwischte ihr, als sie an ihre Eltern dachte, die gerade nur noch mit ihrer blöden Scheidung beschäftigt waren. Eine Ente beschwerte sich laut schnatternd und schwamm eilig davon. Malikas schwarze Kleidung verfloss wie die Farben in einem Ölgemälde mit der einsetzenden Dämmerung. Gerade als ihr Handy Jonas' Nachricht meldete, eilte die schmierige Flüssigkeit mit durchsichtigen Bläschen auf Malika zu. „Wie das Schaumbad von Oma", dachte sie noch. Dann schob sich die rutschige Substanz auch schon unter ihre Füße, und Malika hielt sich geistesgegenwärtig am Brückengeländer fest, um nicht auszurutschen.

Kurz danach waren die Kinder an der Eisdiele eingetrudelt und setzten sich wieder unter den Schnurbaum. „Hast du die Fratzen am Brunnen, die wir im Buch gesehen haben, nicht wiedererkannt?", rief Karl erstaunt, als Jonas seinen Freunden von der Begegnung mit dem Mann erzählte.
„Da hab ich ja zuerst gar nicht hingeschaut." Jonas rutschte nervös auf dem Stein vor dem Eiscafé hin und her. „Hey, Mann!" Er versuchte, sich gelassen zu geben, obwohl es in ihm brodelte wie in einem Vulkan. Unter seinen blonden widerspenstigen

Haaren, die ihm andauernd ins Gesicht fielen, füllten sich seine bernsteinfarbenen Augen langsam mit Tränen, die Jonas mit aller Kraft zu unterdrücken versuchte. „Ehrlich gesagt, habe ich in dem Moment gar nicht mehr an das Buch und seine Zeichen gedacht. Ich hatte ein ungutes Gefühl im Bauch, ja, aber ich glaubte, das hätte einen anderen Grund“, antwortete er mit gepresster Stimme.

„Und dass der Typ Seifenpulver in den Brunnen kippen wollte, hat er auch nicht erwähnt?“, fragte Karl. „Nein, hat er nicht.“ Jonas wich Karls Blick aus.

Jetzt mischte sich Malika ein. „Dieses schmierige Seifenzeug ist gerade durch den ganzen Ort geflossen, du hättest den Mann aufhalten können.“ Sie sah Jonas genervt an. „Ich hätte mir fast den Knöchel verstaucht.“ Demonstrativ hielt sie ihren Fuß.

Jonas schaute beschämt zu Boden: „Das tut mir leid“, sagte er tonlos. Dann schwieg er. Er wollte den anderen nicht von der Münze und seinem Wunsch erzählen, weil er Angst davor hatte, dass sie es albern finden würden. Vorsichtig stupste Hope ihn mit ihrer warmen Hundeschnauze an, als wollte sie sagen: „Ich verstehe dich.“ Und das stimmte auch, sie spürte immer, wenn jemand aus der Clique traurig war und wollte sofort trösten. Jonas kraulte sie dankbar hinter ihren flauschigen Ohren.

„Lasst mal gut sein, Leute“, jetzt schob sich Phil mit seinem Rollstuhl dazwischen und erlöste Jonas aus dem peinlichen Verhör. Phil bemerkte wie Hope auch immer sofort, wenn etwas nicht stimmte, und bei Jonas stimmte gerade etwas ganz gehörig nicht. „Was ist los?“ Phil brachte seinen Rollstuhl neben dem

Stein, auf dem Jonas saß, zum Stehen und legte kameradschaftlich einen Arm um die Schulter seines Freundes. Jetzt konnte Jonas nicht mehr an sich halten. Die Tränen schwappten über seine Augenränder und liefen die Wangen hinunter. All die Vorsätze: nicht zu weinen und nicht verraten zu wollen, was er dort am Brunnenrand vorgehabt hatte – all diese Absichten schwammen jetzt treulos davon.

Und Jonas, dem nun seine Vorsätze abhandengekommen waren, konnte nicht anders, als seinen Freunden alles zu erzählen, was sich am Brunnen zugetragen hatte; wie der Fremde ihn dabei erwischt hatte, als er gerade eine Münze in den Brunnen warf, um sich etwas zu wünschen. Das war ihm natürlich sehr peinlich gewesen. Später hätte dieser Mann dann erwähnt, dass er auch etwas in den Brunnen werfen wolle. Was genau, das hätte er ihm aber nicht verraten, und Jonas hatte auch nicht danach gefragt. „Ich hing so in meiner eigenen Geschichte fest, dass ich die düstere Ahnung nicht ernstgenommen, schlimmer noch, sie einfach übergangen habe."

„Was wolltest du dir denn wünschen?", Phil sah ihn fragend an. Jonas brauchte eine Weile, bis er seinen Kopf wieder hob, dann flüsterte er: „Meine Mutter ist krank, ich wünsche mir so sehr, dass sie wieder gesund wird. Ich weiß, dass es unsinnig ist, etwas in den Brunnen zu werfen." Betreten schaute er zu Tinka hinüber, die er ja ausgelacht hatte, als sie ihm davon erzählte. „Aber was kann ich denn sonst tun?" Phil nahm seine Hand. „Mit uns reden, du Blödmann, was sonst?" Der Damm war gebrochen, und neben Jonas' fortgeschwemmten Vorsätzen wurden

jetzt auch die Vorwürfe der Freunde einfach weggespült. Alle legten die Arme um die beiden und wurden zu einem Knäuel aus Kindern, aus Zusammenhalt, aus Freundschaft.
Hope sprang kläffend um die Kinder, bis jemand seinen Arm ausstreckte und sie mit in den Kreis nahm. Glücklich schleckte sie über Jonas' salziges Gesicht.
Nachdem sie eine Weile so dagesessen hatten, schlug sich Karl plötzlich auf den Oberschenkel. Er glühte vor Aufregung. „Ich hab's!", sagte er in seinen Hemdsärmel, mit dem er seine laufende Nase wischte. „Das war eine Prophezeiung! Meine Oma spricht ständig davon und sagt immer: ‚Eine Prophezeiung, mein Kind, ist, wenn man die Zukunft vorhersehen kann.' Und das hat das Buch doch getan, oder nicht?"
„Hm", meinte Phil nachdenklich, „ich glaube, es ist nicht so einfach." Karl war überrascht. „Was meinst du damit?" Phil überlegte kurz und antwortete dann: „Purxel hat doch ganz am Anfang gesagt, wir sollen auf die Zeichen achten. Vielleicht wird das Buch noch mehr Zeichen aufzeigen. Möglicherweise sollen wir lernen, diese Zeichen zu deuten."
Karl kratzte sich nachdenklich am Kopf. „Das verstehe ich nicht. Warum gibt er uns nicht einfach klare Anweisungen, was wir tun sollen." Er sah Phil mit großen Augen an. Der lächelte. „Das wäre ja langweilig, wenn uns alles vorgesagt würde."
Karl wurde ungeduldig. „Aber worum geht es dann? Wozu haben wir Purxel und das magische Buch dann gefunden?", fragte er enttäuscht und stampfte mit dem Fuß auf. „Möglicherweise sollen wir das herausfinden", fuhr Phil unbeirrt fort. „Ach, und

wie sollen wir das anstellen?" Karl wurde schnippisch. „Indem wir besser auf unser Bauchgefühl hören und uns nicht vom Lärm der Welt ablenken lassen", meinte Phil.

Da brachte sich Jonas ein: „Was meinst du mit dem ‚Lärm der Welt' – und wie könnten wir ihn ausblenden?" Phil wollte gerade antworten, als Karl murmelte: „Manchmal fühlt es sich an, als würde mir eine ganze Dorfgemeinschaft ins Ohr zischeln. Ist das der ‚Lärm der Welt'?" Nervös fuhr er sich durch seine roten Locken. Phil nickte.

„Du meinst also", mischte sich jetzt auch Tinka ein, „wir sollten mehr auf unser Bauchgefühl hören, anstatt auf die lauten Stimmen in uns, die sich oft nicht richtig anfühlen?" Phil strahlte sie an. Tinka war nicht nur schön, sondern auch richtig klug. „Es wäre ja auch zu einfach, wenn im Buch immer stünde, was wir tun sollen, um Probleme zu lösen. So funktioniert die Welt nicht", fügte sie hinzu.

„Was in Zukunft geschieht, hängt möglicherweise auch davon ab, wie wir uns entscheiden, und welcher Stimme wir folgen", erklärte er. Malika, die bisher still gewesen war, sagte: „Die sind aber ganz schön schwer auseinander zu halten." Phil zuckte mit den Schultern. „Ja, das stimmt."

Tinka glühte vor Aufregung. „Warum haben dann nicht alle Menschen ein magisches Buch, das ihnen hilft, ihre innere Stimme zu finden?"

Phil sah sie lange an, bevor er antwortete: „Vielleicht bekommen sie andere Hinweise. Oder …", er legte den Kopf schief: „… das hier ist einfach Magie."

„Gib doch mal das Buch rüber!“, meinte Karl daraufhin. Phil kramte in seiner Tasche, die am Rollstuhl befestigt war, zog es heraus und gab es seinem Freund. Karl strich fast liebevoll über den Einband, dann klappte er es auf. „Mal sehen, vielleicht entsteht ja wieder ein Bild, dann können wir gleich üben.“ Er befeuchtete seinen Zeigefinger und blätterte um.
Sofort purzelte der Rußvogel von gestern aus dem Buch und fiel direkt in Karls Schoß. Der sprang verdattert auf, um Purxel abzuschütteln. Dieser fiel weiter auf den Boden. „Autsch!“ Die Kinder starrten ihn erschrocken an. Der Vogel starrte zurück. „Glotscht nischt scho blöd“, krächzte er und flatterte Schutz suchend auf Phils Schoß, der ihn behutsam in seine Hand nahm. Purxel blätterte eine Seite um und ein Tante-Emma-Laden erschien. Nach einer Weile plusterte er sich auf, warf seinen großen Rabenkopf elegant in den Nacken und sah beinahe selbstzufrieden aus. Dann flatterte er wieder in das Buch.
Er steckte seinen Kopf zwischen die Seiten und begann, darin herumzuwühlen, als würde er dringend etwas suchen. Als er endlich wieder auftauchte, hatte er knallrote Gummistiefel über seine dürren Beinchen gestülpt und streckte den Kindern vergnüglich seinen rotgelben Schnabel entgegen. Die leere Hülle eines Lippenstifts kullerte aus dem Buch. „Bin isch nischt hübsch?“, fragte er. Die Kinder bogen sich vor Lachen. Dieser lustige Vogel hatte es schon nach so kurzer Zeit geschafft, ihr Herz zu gewinnen. Jetzt, da der Schnabel eine andere Farbe hatte, bemerkten sie auch, dass er etwas schief geraten war und der Ober- und Unterschnabel nicht exakt aufeinanderlagen.

Vielleicht, so vermuteten sie, war das der Grund für seinen leichten Sprachfehler? „Bist du mal irgendwo hinuntergefallen?“, fragte Tinka besorgt. Purxel legte wieder seinen Kopf schief und sah sie so eindringlich an, dass sie schon befürchtete, sie hätte ihn mit ihrer Frage beleidigt. „Isch bin alsch Jungvogel einmal ausch dem Nescht gefallen und auf dem Schnabel aufgekommen“, krächzte er. „Schieht man esch?“, erkundigte er sich besorgt. „Nein, nein“ beschwichtigte Tinka sofort. „Aber tut das noch weh?“ „Iwo, allesch beschtensch“, krächzte der Vogel und verschwand wieder im Buch.

Die Freunde lachten und rätselten, was diese Verwandlung nun schon wieder zu bedeuten hatte. „Manchmal scheint er wie ich auch nur Blödsinn im Kopf zu haben“, kicherte Jonas. Als sich nach einer Weile nichts mehr tat, blätterten sie aber noch einmal um.

Sie sahen eine Kapelle. Daneben waren ein paar Flügel abgebildet. Was für eine Art Flügel, ob von einem Engel oder einem Vogel, das konnten sie nicht genau erkennen. Purxel flog durchs Bild. Er torkelte hin und her, als sei er betrunken, da er noch immer seine roten Gummistiefel trug, mit denen er natürlich nicht besonders gut manövrieren konnte. Plötzlich war er verschwunden. Die Kinder sahen sich um und suchten verzweifelt überall nach dem Raben. Sie machten sich Sorgen, dass ihm etwas zugestoßen war. Sie liebten diesen Vogel, mit seiner tollpatschigen Art, wenn er voller Übermut fast aus der Seite fiel. Auf einmal saß er wieder mitten im Buch, als wäre er nie fort gewesen. Die Farbe am Schnabel war schon ein wenig

verschmiert. Auf einmal klappte sich das Buch wieder ganz von allein zu und der ganze Zauber war verschwunden.
„Ich weiß nicht, was wir alles von Purxel lernen können", meinte Phil nach einer Weile und zwinkerte Tinka zu, „aber sicher zeigt er sich nicht ohne Grund." „Das ist voll aufregend", Tinkas meergrüne Augen leuchteten übermütig.
Der Maiwind stob plötzlich scharf durch die Gassen, als wollte er der Welt beweisen, dass ihm niemals der Atem ausgehen würde. Aber es lag noch etwas Anderes, etwas Gefährliches in der Luft, was sich mit dem Windstoß mischte und von den Kindern bislang noch nicht bemerkt worden war. Es war schon fast dunkel. Ahnungslos verstaute Phil das magische Buch wieder in einer Tasche des Rollstuhls. Er bemerkte nicht, dass sie schon die ganze Zeit beobachtet wurden. Eine Gestalt löste sich von der Hauswand gegenüber, schaute noch ein letztes Mal möglichst unauffällig in Richtung der Kinder und verschwand. Die Bücherhaie schnappten indessen sorglos ihre Schultaschen und traten mit dem Gedanken an Purxel den Heimweg zu ihren Familien an.

Die Buchhändlerin hörte, dass sich jemand an der Tür zu schaffen machte. Ein Schlüssel wurde im Schloss umgedreht. Sie sprang von ihrem Sitz auf und wollte ihrem Retter entgegenlaufen. Da drang eine sehr unfreundliche Stimme an ihr Ohr.

Ihre Freude, endlich gerettet zu werden, fiel förmlich in sich zusammen und machte Platz für den Zweifel und die Vorsicht, die sich jetzt in diesem düsteren Raum spürbar auszudehnen begannen. Ihr Herz schlug bis zum Hals. „Professor, hier hast du zu Essen und zu trinken“, die Stimme wurde nicht freundlicher, wirklich unfreundlich war sie aber auch nicht – eher emotionslos. Frau Papou hielt sich an einem Balken fest und atmete heftig. Was ging hier vor sich, woher kannte der Professor so eine rüde und respektlose Person? Hatte er am Ende mehr mit der ganzen Geschichte zu tun, als sie es sich hätte vorstellen können? Den verzweifelten Professor spielen, „Pff“, ärgerlich stieß sie einen Zischlaut aus. Es klapperte. Geschirr wurde auf den Boden gestellt. Jetzt konnte sie den Mann erkennen, von dem sie anfangs gedacht hatte, dass er ihr Retter sei. Jung, Anfang dreißig, die blonden Haare zu einem Zopf zusammengebunden. Lässiges Outfit. „Sei vorsichtig“, hörte sie ihre innere Stimme sagen. Besonders recht war es ihr nicht, wenn diese sich einschaltete. Vermutlich, weil die Stimme manchmal Dinge sagte, die sie nicht hören wollte, auch wenn sie spürte, dass sie am Ende Recht behielt. Wie beispielsweise gerade jetzt.
„Aber wer sonst würde denn zu uns heraufkommen, als jemand, der nach uns suchte, um uns zu retten?“, überlegte Frau Papou beharrlich.
Deshalb wollte sie gerade noch einmal einen Versuch starten, da hörte sie die Stimme des Professors durch den Speicher rufen: „Willi, ich habe nachgedacht, lass uns nochmal über alles reden“, zögerlich kam Herr Kopaki auf den Respektlosen

zu. Interessant, dachte Frau Papou, der Professor hatte doch noch andere Vokabeln in seinem Sprachgebrauch. „Kein Interesse“, der junge Mann zuckte mit den Schultern, drehte sich eilig auf dem Absatz um und verließ den Raum. „So warten Sie doch bitte“, flehte die Buchhändlerin. Aber bevor sie noch einen Fuß in den Holzrahmen stellen konnte, schlug die unverschämte Tür schon zu. Es war kein Durchkommen mehr möglich. Nur ihre Hoffnung und Zuversicht huschten noch flink und treulos hindurch.

Die Buchhändlerin schaute zufällig zu dem formvollendeten Spinnennetz empor und befreite, einem starken Impuls folgend, das zappelnde Insekt, das sofort in die neu gewonnene Freiheit entfloh.

DIE INNERE STIMME

Am Samstagmorgen hatte der Frühling beschlossen, sein Lieblingsparfum aufzutragen und vor sich hin zu duften. Phil war schon früh unterwegs. Heute war Sport angesagt. Aber Phil wollte vorher unbedingt noch bei dem Tante-Emma-Laden vorbeischauen, in dem es viel Krempel, aber manchmal auch richtig gute Dinge gab. Tinka hatte am kommenden Freitag ihren zehnten Geburtstag und er wollte ihr etwas Schönes kaufen. Im Schaufenster hatte er vor einigen Tagen ein paar Stofftiere entdeckt. Er wollte nachsehen, ob es vielleicht auch einen Vogel gab. Tinka liebte Tiere und neuerdings – natürlich wegen Purxel – war sie besonders interessiert an Raben. Wen wunderte das. Phil musste grinsen.

Da machte sich seine innere Stimme bemerkbar: „Das Buch!“, rief sie. „Nicht jetzt“, grummelte Phil in sich hinein und fuhr erst einmal weiter zu dem Laden. Im Schaufenster saß tatsächlich ein Vogel. Phil war begeistert. Es war eine Dohle mit einem gelben Schnabel und roten Beinchen. „So sah Purxel gestern auch aus“, dachte er. „Merkwürdig – diese Parallelen“. Er fuhr auf den Eingang zu.

Als er gerade versuchte, über eine kleine Schwelle in den Laden zu kommen, kam eine Frau auf ihn zugelaufen. Irgendwie kam sie ihm bekannt vor. Er konnte sich aber nicht erinnern, wo er ihr schon begegnet war. Sie hatte zwei Tüten in den Händen. „Brauchst du Hilfe?“, fragte sie. „Nicht nötig, vielen Dank“, erwiderte Phil, „ich komme schon zurecht.“ Schon wieder dachte er an das Buch. Er schob den Gedanken energisch zur Seite. Zuerst wollte er den Vogel kaufen. Im Weiterfahren stieß er versehentlich an eine Tasche der Frau. Tomaten fielen aus der Tüte, kullerten auf die Straße und wurden von einem herbeifahrenden Auto zermatscht. Saft und Tomatenfetzchen spritzten in alle Richtungen und besprenkelten Phil und die fremde Frau mit lauter roten Punkten. Ihr Kostüm war ruiniert, aber das schien sie gar nicht zu interessieren. „Bist du verletzt?“, fragte die Frau und begann mit einem Tuch die Tomatenreste auf Phils Jacke abzuwischen, was die Flecken nur noch größer machte. Das nervte. Irgendetwas stimmte hier nicht! Wie sollte er von ein paar herumfliegenden Tomatenstückchen verletzt worden sein, das war doch lächerlich. „Alles okay!“ Er machte eine abwehrende Handbewegung. „Dann ist es ja gut“, entgegnete die Frau, strich sich die blonden Haare aus dem Gesicht, nahm die verbliebene Tasche auf und lief weiter. Phil rollte kopfschüttelnd in den Laden.

Einige Minuten später saß die Dohle, die er gerade für Tinka erworben hatte, auf seinem Schoß und streckte ihm ihre roten Beinchen entgegen. Als er sie in einer der Taschen am Rollstuhl verstauen wollte, fiel ihm auf, dass die andere, in der das Buch gelegen hatte, leer war.

Das war doch nicht möglich! Gestern Abend hatte er es selbst dort hineingetan! Hektisch durchwühlte Phil nochmal alle seine Taschen. Aber das Buch blieb verschwunden. Konnte es sein, überlegte er panisch, dass sich nicht nur die Schrift, sondern

auch das Buch selbst auflösen konnte? Oder ihm etwas vorgaukelte, wie eine Luftspiegelung in der Wüste? Oder hatte jemand das Buch geklaut? Aber wann? Er war doch gleich nach dem Treffen mit den Freunden nach Hause gefahren. „Moment mal“, überlegte er laut. Sollte die Frau etwa …? Das war doch absurd … aber natürlich, wie konnte er nur so naiv sein. Seine innere Stimme hatte ihn ja förmlich angefleht, sich um das Buch zu kümmern. Er schlug die Hände vors Gesicht. Verflixt, wie sollte er das den anderen erklären?
„Nachricht an alle Bücherhaie“, tippte er mit zitternden Händen in den Gruppenchat: „Kommt bitte gleich zum Treffpunkt – es ist sehr wichtig!!!“ Es blieb ihm nichts anderes übrig, so peinlich es ihm war, er musste es ihnen erzählen.
Am Eiscafé angekommen, sah Phil, dass die anderen schon da waren. Zerknirscht beichtete er ihnen, dass das magische Buch verschwunden war. Vermutlich hatte es ihm eine Frau entwendet, nachdem er mit ihr zusammengestoßen war. Die anderen waren schockiert. Wie konnte jemand nur so dreist sein! „Meine innere Stimme hat mich die ganze Zeit über gewarnt, sie hätte nicht deutlicher sein können.“ Phil klang sehr niedergeschlagen. In diesem Moment war ihm nämlich auch noch klar

geworden, was Purxel gestern mit seiner witzigen Darstellung bezweckt hatte, als er sich so kurios verkleidet und auf den Tante-Emma-Laden hingewiesen hatte! Purxel hatte ihn genau vor dieser Situation gewarnt! Aber das behielt Phil erst einmal für sich. „Weshalb hast du nicht auf die warnende Stimme in dir gehört?", hakte Tinka nach. „Weil ich mich in diesem Moment mit etwas anderem beschäftigt habe, das noch lauter war", entgegnete Phil.
„Und was machen wir jetzt? Weshalb um alles in der Welt interessiert sich diese Frau für das magische Buch?" Karl malträtierte seinen Kaugummi. „Vielleicht hat es tatsächlich etwas mit der Entführung der Buchhändlerin zu tun? Denn dass sie entführt wurde, daran zweifle ich nicht mehr, sonst wäre sie doch längst wieder aufgetaucht, so wie sie ihren Buchladen liebt", antwortete Jonas.
„Vielleicht haben das Sommersprossengesicht und die blonde Frau ja auch etwas damit zu tun!", rief Tinka erschrocken. Dann schwiegen sie wieder und waren doch ein bisschen sauer auf Phil, weil er nicht besser aufgepasst hatte.
Vielleicht hätte es geholfen, kurz zu schimpfen. Aber da es Phil passiert war, zu dem sie aufblickten und den sie alle so schätzten, trauten sie sich das nicht. Stattdessen schwiegen sie. Aber das war noch schlimmer.
Endlich unterbrach Phil die Stille. „Wir werden es uns selbstverständlich wiederholen."
Karl war eben aufgestanden und hatte zu seinem nagelneuen roten Fahrrad gegriffen. Er liebte es so sehr, dass sogar sein

Interesse an Computern kurzfristig in den Hintergrund rückte. Sein Plan war, sich beim Mountainbike Verein in Kirchzarten anzumelden. Jetzt sah er Phil abwartend an. „Und wie sollen wir das deiner Meinung nach tun?“, fragte er in bissigem Ton.
Phil schaute gedankenverloren Karls Fahrrad an. Ihm hatte der Sport sehr geholfen, vor allem in der Zeit nach dem Unfall, als er noch nicht wusste, wie es weitergehen sollte. Dann hatte er begonnen, Kanu-Polo zu spielen. Seine Mutter fuhr ihn seitdem zweimal pro Woche zum Training, auch wenn sie sich oft um ihn sorgte. Es bestand ja die Gefahr, dass er beim Gefecht aus dem Kanu kippte. Deshalb war er letzten Sommer zum Para-Kanu gewechselt. Das machte ihm so viel Spaß, dass er es kaum erwarten konnte, bis endlich die Saison wieder begann. Sein Traum war, sich irgendwann für die Paralympics zu qualifizieren … Es tat gut, einen Traum zu haben.
„Wie?“, fragte Karl noch einmal und riss Phil aus seinen Gedanken. „Was: wie?“, fragte Phil und schaute Karl verwirrt an.
„Na, wie werden wir uns das Buch wiederholen?“, fragte Karl noch einmal. „Ach so, ähm …“ Phil runzelte die Stirn. „Wir verteilen uns in Kirchzarten. Achtet diesmal auf …“, er überlegte, „… auf ein paar Flügel, ganz egal welcher Art. Die waren zuletzt im Buch zu sehen. Mein Bauchgefühl sagt mir, dass auch das ein Hinweis sein könnte.“
„Das hieße ja“, begann Karl, „dass das Buch wusste, dass es gestohlen werden würde und uns deshalb im Vorfeld bereits Zeichen gab? Das ist doch verrückt“, rief er. Aber seine Neugierde war doch größer als die Befürchtung, etwas total Unsinnigem

nachzujagen. Deshalb schwang er sich sofort auf sein rotes Fahrrad, um loszufahren. Er musste ja auch nicht alles verstehen, Hauptsache sie würden die Buchhändlerin wiederfinden, damit der Buchclub endlich wieder stattfinden konnte. „Aschte auf die Scheichen", rief Phil ihm lachend hinterher. Karl nickte irritiert. Dann stoben auch die anderen alle in unterschiedliche Richtungen davon.

„Nun aber mal raus mit der Sprache", herrschte Frau Papou ihren Mitgefangenen jetzt an. „Weshalb in aller Welt werden wir hier festgehalten – und wie lange noch?" Sie kam auf ihn zu und selbst in diesem diffusen Dämmerlicht konnte der Professor ihre Augen erkennen, die in diesem Moment ärgerlich funkelten. „Schon gut, schon gut, ich erzähle Ihnen alles. Es hat ja sowieso keinen Sinn mehr, die Geschichte länger geheim zu halten."
Die Buchhändlerin entspannte sich ein wenig. Sie schnappte sich einen Stuhl und setzte sich dem Professor direkt gegenüber. Er konnte ihr nicht mehr ausweichen. „Erzählen Sie!" Gespannt blickte sie ihn an.
Die Spinne war schon wieder dabei, ein neues Kunstwerk zu erbauen. Nach und nach webte sie unsichtbare Fäden, die sich nur in ganz bestimmten Momenten zeigten, nämlich dann, wenn der Lichteinfall günstig war.

Karl raste so schnell er konnte die Hauptstraße bis zum Ortsausgang hinunter. Dann drehte er wieder um und fuhr zurück. Er war sehr impulsiv, das Fahrradfahren half ihm, überschüssige Energie abzubauen. Ganz außer Puste kettet er es an einen Pfosten und bummelte zu Fuß weiter durch die Gassen von Kirchzarten. Ihm fiel plötzlich so viel mehr auf, seit er versuchte, besonders achtsam zu sein. In der Fußgängerzone standen die Menschen Schlange vor dem Kaffeestand und aus der Burgerbude schlug ihm der Geruch von knusprigen Pommes entgegen, die gerade in heißem Öl frittiert worden waren. Karl hatte Hunger. Da bemerkte er einen Mann, der eilig die Hinterlassenschaften seines Hundes aufsammelte. Eine vorbeigehende Frau rümpfte angewidert die Nase. „Das ist eine Fußgängerzone, keine Hundetoilette, junger Mann", warf sie ihm in schnippischem Ton entgegen. „Entschuldigung", sagte dieser gelangweilt und verdrehte die Augen. Er sah ihr verstohlen nach und steckte dann, als er sie weit genug weg wähnte, den Kotbeutel in die nächste private Mülltonne auf dem Gehsteig gegenüber. Karl starrte den Mann an. Sowas machte man doch nicht! Der Mann sah, dass der Junge zu ihm herüberschaute. Er kam langsam auf ihn zu, gefolgt von dem hässlichsten Hund der Welt. Dieser stand Karl jetzt mit herunterhängenden Lefzen knurrend gegenüber.

„Ist was?" Der Mann beugte sich leicht aggressiv zu ihm hinunter. Karl bekam Angst. Eine innere Stimme löste das nicht in ihm aus. Eher einen Fluchtgedanken. Karl rannte, so schnell er konnte, zum nächstgelegenen Laden an der Ecke. Er riss die Tür auf und stolperte hinein, ohne zu schauen, was für ein Geschäft es war. Langsam gewöhnten sich seine Augen an das Halbdunkel im Raum. Am hinteren Ende des Zimmers nahm er eine Tür wahr, durch deren Schlitz ein zaghaftes Licht zu ihm herüber schielte. Er hörte eine leise Musik.

„Hallo?", rief Karl verhalten. Er wagte sich ein Stück weiter hinein. Die Tür wurde weit aufgerissen und hinter dem goldenen Licht, das sich jetzt eiligst ins vordere Zimmer ergoss, als müsse es seinen ihm gebührenden Platz gegen die Dunkelheit verteidigen, erschien eine kleine Frau. Die Augen in ihrem kreisrunden Gesicht strahlten hell, ihre Ohren standen wie Segel zu beiden Seiten ab und die Hände und Füße wirkten im Gegensatz zu dem eher kompakten Körper feingliedrig und zart.

„Ich wollte nur – ähm …", Karl hüstelte. Was wollte er eigentlich? „Sieh dich ruhig um, Karl." Das Gesicht der Frau entfaltete das warmherzigste Lächeln, das er je gesehen hatte. Auffordernd nickte sie ihm zu.

„Woher kennen Sie meinen Namen?", fragte Karl verblüfft.

Dann schoss ihm durch den Kopf: „Besser ich verschwinde wieder. Gleich jetzt – sofort. Hier geht es nicht mit rechten Dingen zu!" Karl drehte sich um und wollte zur Tür rennen, da wäre er beinahe über die Frau gestolpert, die plötzlich wieder vor ihm stand.

„Das ist die falsche Stimme, auf die du gerade hören willst, mein Junge. Manche entstehen aus Angst. Du solltest lernen, sie zu unterscheiden, das könnte dir im Leben hilfreich sein."

Fassungslos starrte Karl sie an.

„Darf ich mich vorstellen? Ich bin Lucia."

Karl riss ungläubig seine hellblauen Augen auf und vergaß sogar, auf dem Kaugummi herumzubeißen. Die Frau lächelte und knipste den Computer an. „Bist du auf der Suche nach dem goldenen Licht?"

Karl blickte auf den Bildschirm: Er zeigte offensichtlich die Bilder einer Webcam, die das Storchennest auf dem Kirchturm filmte. Aber was war das! Gebannt trat Karl noch näher an den Bildschirm heran. Er vergaß, dass er das Buch suchen wollte. Er vergaß, vorsichtig zu sein. Er vergaß alles um sich herum und starrte nur noch auf das Storchennest. Da waren keine Störche zu sehen. Stattdessen saß ein Rabe auf dem Rand des Nestes. War das Purxel? Schon breitete der Vogel seine Flügel aus und flog in den wolkenlosen Himmel davon. Plötzlich zeigte sich ein anderes Kamerabild. Es war, als trüge der Rabe eine kleine Actionkamera auf seinem Kopf, denn das Bild glitt mit ihm dahin.

Zum ersten Mal in seinem Leben sah Karl seine Heimat von oben. Ihm war, als flöge er mit über die Dächer, über die Bäume und über die Straßen seiner Gemeinde. Als die Kamera vor der hölzernen Tür einer Kapelle landete, rief Karl aufgeregt: „Das ist die Giersbergkapelle!" Mit ausgestrecktem Zeigefinger wies er auf den Bildschirm. Karl schaute sich nach der Ladenbesitzerin um. Sie war verschwunden. Er hörte nur noch ein

paar sanfte Töne, die nach und nach verklangen und der Stille die Bühne überließen.
Karl stürmte aus dem Laden. In der Aufregung wusste er erst nicht mehr, wo er sein Fahrrad angeschlossen hatte. Ach natürlich, an einen Pfosten am Anfang der Fußgängerzone. Schnell rannte er dort hin, machte das Schloss auf und raste mit dem Rad den Berg hinauf. Das war ein Zeichen, er spürte es ganz deutlich. Aber die Straße war verdammt steil. Etwa auf halber Strecke musste er absteigen, weil er ganz aus der Puste war. Als er endlich oben ankam, musste er sich erst einmal auf einem Baumstumpf ausruhen. Er hatte heftiges Seitenstechen. Als es besser wurde, lief er auf die Holztür zu, die er durch die Kamera gesehen hatte. Was für ein Glück, sie stand offen! Karl ging hinein. Er besah sich die Wände, den Altar, die Fensterbilder – aber das magische Buch war nirgends zu sehen. Hatte er sich doch getäuscht? Waren Lucia und der Rabe rein zufällige Begegnungen, nichts weiter? Gab es am Ende gar keine fantastische Geschichte, in der Raben, Flügel und das magische Buch eine entscheidende Rolle spielten? Enttäuscht ließ er den Kopf hängen. Auf einmal hörte er Stimmen, die sich angeregt unterhielten. Ohne zu überlegen, versteckte Karl sich hinter dem Altar.
„Die Figuren und Malereien stammen alle aus der Zeit des Barocks. Die Menschen haben die Kapelle erbaut, nachdem ihnen an dieser Stelle Maria erschienen war“, erzählte eine Männerstimme dem beeindruckten Publikum.
Die Schritte kamen näher, und Karl kauerte sich noch tiefer unter den Altar, um nicht entdeckt zu werden. Sein Herz raste

und er befürchtete, alle in der Kapelle könnten es hören. Da stolperte eine junge Frau über die Stufen nach oben. „Schau mal, Mama, dort!“, sagte sie und deutete auf die Deckenmalereien, während sie nur einen Schritt von Karl entfernt stehen blieb. Der Saum ihrer Jacke streifte seinen Rücken, und er hielt den Atem an. Warum hatte er sich überhaupt versteckt? Er durfte doch auch in der Kapelle sein! Aber es war zu spät, sich zu zeigen: Wenn sie ihn jetzt entdeckten, würden sie sicher denken, dass er etwas stehlen wollte!

„Meine Damen und Herren“, sagte eine Stimme nach einer gefühlten Ewigkeit, die auch, so schien es, in den Fresken und Gemälden festgehalten wurde, „jetzt haben wir uns eine Pause verdient. Folgen Sie mir bitte.“ Die Besucher wandten sich zum Gehen, und Karl atmete erleichtert auf. Das war knapp gewesen. Unwillkürlich schaute er auch zum Deckengewölbe hinauf und ließ die Figuren auf sich wirken. Wie konnte man nur so detailliert über Kopf malen? Schon vom Hinsehen bekam er einen steifen Nacken. Als er seinen Blick wieder senken wollte, entdeckte er zwei weiße Tauben. Ihre Flügel zeigten in dieselbe Richtung. „Flügel!“, dachte Karl. Er folgte mit dem Blick diesem Hinweis, und tatsächlich, auf einem Fries aus weißem Stuck lag ein aufgeschlagenes Buch.

Etwas Schwarzes glitt an der Decke entlang und verschwand darin. Die Seiten des Buches schlossen sich daraufhin von selbst. „Purxel!“, rief Karl laut in die Kirche, und das Echo hallte zurück. Das war unglaublich, fast wie Magie! „Hast du mich wirklich hierhergeführt?“

Aber wie konnte jemand dort oben ein Buch ablegen? Karl schaute sich in der Kapelle um, fand aber nichts, auf das er hätte klettern können. Also lief er nach draußen. Links neben der Wiese entdeckte er einen Heuschober.
Eine herrenlose Leiter lag auf dem Boden. Karl hob sie auf und schleppte sie zur Kapelle. Er schwitzte heftig, bis er sie an der richtigen Stelle aufgestellt hatte. So schnell er konnte, kletterte er hoch. Als er die oberste Sprosse erreicht hatte, nahm er das Buch an sich. Ein kurzer Blick nach unten ließ ihn schwindeln. Schnell ergriff er die Streben der Leiter und rutschte mehr, als dass er kletterte, mit dem Buch in einer Hand, die Leiter hinab. Gerade konnte er es noch unter sein Hemd schieben, als die Tür zur Kapelle aufgestoßen wurde.
„Was machst du hier?“, donnerte eine tiefe Stimme. Karl rannte an dem verdutzten Mann vorbei aus der Kapelle. Draußen schnappte er sein Fahrrad und raste wie der Wind wieder den Berg hinunter.
„Ich hab’s!“, schrieb er schnell in die Bücherhaie-Gruppe, als er außer Sichtweise war.
Als alle am späten Samstagnachmittag wieder vor dem Eiscafé saßen, erzählte Karl mit hochrotem Gesicht von seinem Abenteuer.

Die Kinder waren sehr neugierig. Natürlich wollten sie gleich zu dem Laden gehen, um Lucia kennenzulernen, die Karl so geheimnisvoll den Weg zum Buch gezeigt hatte.
Als sie gemeinsam in die Straße einbogen und Karl gerade: „Da ist er!“, sagen wollte, blieb er schockiert stehen. Seine frühere Zuflucht war wie aus einer Bleistiftzeichnung ausradiert und auf mysteriöse Weise verschwunden.
„Das gibt es doch nicht!“, rief Malika enttäuscht. „Beschreib nochmal genau, wo dieser Laden war, in den du gegangen bist.“
Karl war selbst ganz verunsichert und kaute nervös auf seinem Kaugummi herum. „Ich könnte schwören, dass hier vorher noch ein Eingang war“, sagte er und zeigte auf ein altes Haus.
„Wie hieß nochmal die Frau, die du im Laden getroffen hast?“, fragte Phil neugierig.
„Lucia“, antwortete Karl niedergeschlagen. Er befürchtete, dass seine Freunde ihm nicht glauben würden. „Ich schwöre, ich habe diese Frau gesehen“, fügte er hastig hinzu.
„Lucia“, murmelte Phil nachdenklich vor sich hin. Tinka zeigte auf ihr Handy. „Das heißt übersetzt: die Lichtvolle, die Leuchtende“. Karl schlug sich gegen die Stirn: „Jetzt erinnere ich mich wieder an ihre Worte“, meinte er aufgeregt.
„Erzähl schon!“, drängte Jonas, der von der aufgeladenen Stimmung angesteckt wurde. Karl räusperte sich: „Sie sagte, dass es Stimmen gebe, die nicht hilfreich seien, und dass ich lernen sollte, auf mein Bauchgefühl zu hören.
„Für was nicht hilfreich?“, hakte Jonas nach.
„Keine Ahnung“, antwortete Karl, „ich glaub fürs Leben. Dann

hat sie noch etwas von einem goldenen Licht erzählt, aber das war mir dann doch zu spooky."
Die Kinder sahen sich fragend an. Dann meinte Malika: „Phil hat also Recht und das Buch hilft uns, auf unsere innere Stimme zu hören." Alle schauten andächtig auf das magische Buch.
„Lasst uns nochmal reinschauen", rief Karl aufgeregt.
Diesmal sahen sie das Ziffernblatt einer alten Turmuhr – Moment mal, war das die am Turm der Grundschule – und beim Umblättern erschien ein alter Schlüsselbund, der verloren auf dem Boden lag. Was das nun alles wieder zu bedeuten hatte, war ihnen vorerst wie immer ein Rätsel.
Hope kümmerte das alles nicht, sie hatte nur Augen für einen stattlichen Rüden, der gerade um die Ecke kam.

Auf Spurensuche

„Setzen Sie sich bitte.“ Der Professor deutete auf einen Stuhl, den er mit seiner abgezogenen Krawatte zuvor noch ein wenig entstaubte. Er hüstelte etwas verlegen.
„Neuer Tag, neuer Versuch“, dachte Frau Papou hoffnungsvoll.
„Ich weiß gar nicht so recht, womit ich beginnen soll.“ Der Professor hielt die Hände hinter seinem Rücken verschränkt und fuhr mit seiner Schuhspitze über den staubigen Boden.
„Beginnen Sie am besten von Anfang an, wir haben Zeit“, erwiderte Frau Papou und setzte sich auf die angebotene Sitzfläche. Insgeheim schickte sie ein heimliches Stoßgebet in den Himmel: endlich!
„In dem Haus, in dem ich wohne“, begann Herr Kopaki, „gibt es einen geheimen Raum. Er ist nur durch eine im Schlafzimmer eingelassene Bodenluke zugänglich.“
Es rüttelte an der Tür. Der Professor sprang sofort hin: „Willi, bist du es?“ Von draußen hörte er eine abgehackte Stimme sagen: „Hilda ist weg! Als ich ihr ein paar Körner geben wollte, ist sie durch das geöffnete Fenster davongeflogen.“ Die Worte wiederholten sich, sie stießen an die Treppenhauswände, fielen von einer Seite zur anderen, bis die Stille sie verschluckte und es wieder ruhig war, draußen hinter der Tür.
„Halt!“, schrie Herr Kopaki verzweifelt, „Halt!“ Doch so sehr der Inhaftierte seine Ohren auch an die verschlossene Tür presste, er konnte dem Raum dahinter keinen Laut mehr entlocken.

„Er ist weg", der Professor sah die Buchhändlerin fassungslos an. „Er ist einfach weg und lässt mich mit dieser furchtbaren Nachricht zurück." Mit hängenden Schultern stand er wieder vor ihr und wusste nichts mehr zu sagen. Die Buchhändlerin war entsetzt. Was hatte der Professor bloß mit diesem unangenehmen Typen zu schaffen? Dann versuchte sie zu beschwichtigen: „Herr Kopaki, das ist tragisch, ich weiß. Aber es ist doch ein Vogel." Das Wort „nur", das ihr beinahe auch noch herausgerutscht wäre, hatte sie sich im letzten Moment verkniffen.
Der Professor hob langsam den Kopf. „Er ist meine ganze Familie, ich habe sonst niemanden mehr", wisperte er tonlos. In seinen Augen lag die Einsamkeit der ganzen Welt. „Ich dachte, Willi und die anderen gehörten nun auch zu mir, aber sie haben sich von mir abgewandt. Ich bin allein." Bestürzt schaute er die Buchhändlerin an, dann wandte er sich ab und überließ Frau Papou in diesem verdreckten Dachgeschoss, mit noch mehr Fragen als zuvor, sich selbst.
Verzweifelt sprang die Buchhändlerin von ihrem Stuhl hoch und riss das kleine Dachfenster auf. „Hilfe!!!", schrie sie aus Leibeskräften in den Frühnebel, der sich gerade über Kirchzarten legte. Zumindest wollte sie schreien, aber was war das? Entsetzt fasste sie sich an den Hals. Der Schrei blieb ihr in der Kehle stecken. Sie konnte nur noch flüstern. Erschrocken schaute sie zu dem Professor hinüber. Der steckte jedoch in seiner eigenen Verzweiflung fest und nahm alles, was außerhalb seines Kopfkinos stattfand, gar nicht mehr wahr. Was war bloß mit ihrer Stimme passiert?

In diesem Moment erblickte sie wieder die Spinne, die durch ihr unablässiges Tun zeigte, dass ihr Werk noch nicht vollendet war.

Dieser Sonntag verging im Schneckentempo. Eigentlich freuten sich die Kinder immer aufs Wochenende, aber diesmal war es anders. Die Bücherhaie konnten es kaum erwarten, bis endlich wieder Montagnachmittag war.

Aber zuerst einmal kam der Montagmorgen. Tinka saß im Unterricht und kaute gelangweilt auf ihrem Füllfederhalter. Wenn nur der Unterricht schneller herumginge! Mathe war überhaupt nicht ihr Ding. Sie entsperrte unter dem Tisch heimlich ihr Handy. Vielleicht gab es im Bücherhaie-Chat etwas Neues über das magische Buch? Tinka konnte an fast nichts anderes mehr denken, dabei musste sie sich unbedingt auch mal wieder um ihren weiß-braunen Wallach kümmern. Den hatte sie in den letzten Tagen total vernachlässigt. Sie hatte eine Reitbeteiligung, da konnte sie nicht einfach ein paar Tage lang wegbleiben. Aber für heute würde sie noch einmal absagen. Der Unterricht schien niemals enden zu wollen. Es kam ihr vor, als hätte die Zeit beschlossen, stehen zu bleiben. Tinka seufzte.

Da stand der Lehrer plötzlich vor ihrem Pult und schaute sie tadelnd an. Diesen Blick kannte sie schon, er verhieß nichts Gutes. „Bis morgen löst du die Aufgaben von Seite 65 bis 70 im

Buch“, schnaubte er. Einige in der Klasse begannen schadenfroh hinter vorgehaltener Hand zu kichern. Oh, wie Tinka dieses Getue hasste. Sie drehte sich um und pustete verärgert ihren Pony aus dem Gesicht. Die übrigen langen schwarzen Haare hatte sie zu einem Pferdeschwanz zusammengebunden.

„Herr Federstrich“, wandte sie sich dann schnell wieder dem Lehrer zu, „ich habe doch nur ... ich ...“

Der Lehrer trommelte ungeduldig mit den Fingerkuppen auf die Tischkante. „Keine Widerrede“, donnerte er, „ich kann auch mit deinen Eltern sprechen.“ Mit dem Zeigefinger rückte er seine Brille zurecht. Tinka nickte resigniert, und der Füllfederhalter sah sich abermals einer Beißattacke ausgesetzt, diesmal nicht aus Langeweile, sondern aus Frust.

Und da geschah etwas Verrücktes: Die Zeit hatte offensichtlich beschlossen, sich auf Tinkas Seite zu schlagen und schneller zu ticken. Eifrig holte sie all das auf, was sie Tinkas Empfindung nach vertrödelt hatte. Die Schulglocke ertönte und kündigte das Ende des Unterrichts an. Kurze Zeit später schlug die große runde Uhr, die ganz oben am Schulturm angebracht war, vier Mal, gefolgt von einem tieferen Schlag. Es war dreizehn Uhr. Zeitgleich schauten der Lehrer, der Rektor und die Sekretärin verwundert auf ihre Armbanduhren, die offensichtlich stehengeblieben waren, denn darauf war es erst 20 nach zwölf. Der Hausmeister, der gerade den Getränkeautomaten reparierte, wunderte sich auch. Er ließ das Werkzeug fallen und eilte durch den Korridor, um herauszufinden, was genau da vor sich ging. Die Kinder sammelten schleunigst ihre Schulsachen ein, und bevor die Lehrkräfte sie hätten aufhalten können, rannten sie hastig aus dem Schulgebäude, bevor die Uhr es sich anders überlegte und ihr Versehen korrigierte. Aber sie dachte gar nicht daran und lief munter weiter.

Vor dem Schulgebäude herrschte heilloses Durcheinander. Der verwirrte Direktor versuchte, einige Kinder zur Umkehr zu bewegen. „Das ist ein Irrtum!“, schrie er der Meute entgegen. Aber er fand kein Gehör. Die Älteren schnappten ihre Fahrräder und radelten schnell davon. Die Jüngeren warteten vergebens auf ihre Eltern, die sie abholen sollten, oder auf den Schulbus. Aber der kam nicht. Einige waren am Telefonieren, andere riefen wild gestikulierend durcheinander. Manche Kinder begannen zu weinen und mussten beruhigt werden. Wieder andere fingen an, sich zu raufen oder sonstigen Unfug zu machen.

Tinka stand draußen und schaute dankbar zur Turmuhr hoch. Sie wollte sich gerade umdrehen und ebenfalls nach Hause gehen, da stieß sie mit einem Mann zusammen. „Entschuldigung Herr…“ „Lasse“, entgegnete er, ohne sie anzusehen. „Entschuldigen Sie, Herr Lasse“, wiederholte Tinka.

„Merkwürdig“, dachte sie, „diesen Lehrer habe ich hier noch nie gesehen, eher irgendwo anders – aber wo?“ Der Typ sah irgendwie unheimlich aus. Er schien gar nicht bemerkt zu haben, dass sie aufeinandergeprallt waren. Unbewegt starrte er zur Turmuhr hoch, während Tinka sich ihr schmerzendes Knie hielt.

Dabei fiel ihr Blick auf einen alten Schlüsselbund, der direkt vor ihr auf dem Boden lag. „Steck ihn ein!“, rief etwas in ihr. Tinka zögerte. Mit klopfendem Herzen beugte sie sich dann zu dem

Schlüsselbund hinunter, als der merkwürdige Mann plötzlich den Blick von der Turmuhr löste und zu Tinka hinsah.
„Das ist meiner", sagte er bestimmt. Ihre Blicke trafen sich. Ein Schauer glitt Tinka über den Rücken. Verängstigt zog sie ihre Hand zurück und der Mann nahm den Schlüsselbund auf.
„Ich dachte … äh", stotterte sie. Um der peinlichen Situation zu entfliehen, verglich sie ihre Armbanduhr mit der Uhrzeit an der Turmuhr. Sonderbar, ihre Uhr war offensichtlich stehen geblieben, denn auf der war es erst 25 Minuten nach zwölf. Der Mann beachtete Tinka gar nicht mehr. Er hielt jetzt seinen Laptop in der Hand, klappte ihn auf und tippte etwas ein. Dann sah er wieder zur Turmuhr hoch. Tinka, die ihn beobachtete, folgte seinem Blick. Sie erstarrte. Das war doch nicht möglich, oder doch? Die Zeiger der Turmuhr liefen plötzlich rückwärts, bis sie wieder dieselbe Uhrzeit anzeigten, wie die auf ihrer Armbanduhr.

„Wa-wa-was machen Sie denn da?", stotterte Tinka. Dieser Herr Lasse grinste. Dann klappte er seinen Computer zu und lief ohne ein weiteres Wort einfach davon. Aus seiner Gesäßtasche lugten die alten Schlüssel hervor.

Als die Lehrkräfte den herbeigerufenen Eltern erklären wollten, dass die Turmuhr das Durcheinander ausgelöst hatte, staunten sie nicht schlecht, da diese sich wieder völlig korrekt in die übliche Zeit eingefügt hatte. Tinka war fassungslos. Sie musste ihre Clique zusammentrommeln. In ihrem Kopf war ein heilloses Durcheinander. Eines aber stand für sie fest: Dieser Herr Lasse war kein echter Lehrer. Ein Lehrer würde niemals so ein großes Chaos auslösen und dann davonspazieren, als sei nichts gewesen. Vielleicht war er nicht einmal ein echter Mensch, so merkwürdig, wie er sich verhielt? Er bewegte sich auch so seltsam.
Wo war eigentlich Karl? In diesem Tumult hatte sie ihn bis jetzt noch nicht entdeckt. Bestimmt war er längst mit dem Rad losgedüst. So schnell sie konnte, rannte sie davon. Nicht dass die Erwachsenen es sich anders überlegten und alle Kinder, die noch da waren, wieder zum Unterricht zitierten.
Als sie weit genug von der Schule entfernt war, flüsterte sie völlig außer Atem eine Sprachnachricht in ihr Handy: „Kommt bitte alle zum Treffpunkt am Osterbach, nicht zur Eisdiele.“ Ihre Beine fühlten sich gerade an, als wollten sie sich jeden Moment von ihrem Versprechen entbinden, sie durchs Leben zu tragen.

Der Professor brütete noch immer abwesend auf seinem Stuhl. Aber Frau Papou konnte nicht länger untätig herumsitzen. Sie

hatte nicht vor, den Rest ihres Lebens in diesem dreckigen Dachstuhl zu verbringen. Sie war müde und gereizt. Bei all diesem Dreck und Ungeziefer konnte sie kein Auge zu tun.
„Herr Kopaki!“ Sie stand auf und nahm eine würdevolle Haltung ein, um ihre Entschlossenheit zu unterstreichen, den Professor endlich zum Sprechen zu bewegen. „Ich kann verstehen, dass Sie sehr an Ihrem Vogel hängen, aber wenn wir hier weiter rumsitzen, werden wir Ihren Papageien nicht suchen können. Je schneller wir diesen abscheulichen Raum verlassen, desto rascher könnten wir den Vogel wiederfinden. Dafür sollten wir uns aber endlich zusammentun.“
Der Professor hob langsam den Kopf. Die Last der zurückliegenden Tage hatte ihn schwer gezeichnet. Seine dicken, schneeweißen Haare waren verstrubbelt und ähnelten Frau Papous Staubwedel, mit dem sie immer ihre Bücher gesäubert hatte. Mittlerweile war ihm ein Dreitagebart gewachsen, der ihn, das bemerkte jedenfalls Frau Papou, sogar etwas attraktiver werden ließ, obwohl seine Augen unruhig im Zimmer umherschweiften, als würde er versuchen, die Überreste seines Verstandes in der Luft einzufangen. „Dreißig Jahre habe ich meiner Forschung gewidmet und nun bin ich gefangen und gedemütigt worden“, sagte der Professor leise. „Dabei wollte ich etwas ganz Großes schaffen und mit meiner genialen Idee in die Weltgeschichte eingehen.“
Herr Kopaki stieß scharf die Luft aus. Er stand auf, griff nach seiner Jacke und fischte ein zusammengeknülltes Papier aus der Tasche. „Sie haben Recht, wir dürfen keine Zeit mehr

verlieren." Entschlossen breitete er auf einem staubigen Tisch das zerknitterte Blatt aus. Die Buchhändlerin stand noch immer auf demselben Fleck, verblüfft, was ihre Worte ausgelöst hatten. Mit einem leichten Kopfnicken forderte Herr Kopaki sie auf, näher zu kommen. Noch immer ungläubig, aber neugierig, was sie endlich erfahren würde, kam sie langsam in Bewegung.
Die Spinne wartete bereits in ihrem neu erbauten Kunstwerk auf den nächsten Besucher. Sie hatte sich in der oberen rechten Ecke des Netzes versteckt und war über einen Signalfaden mit ihrem Kunstwerk verbunden. Kein neuer Gast würde hier absteigen können, ohne dass sie es bemerkte.

Als Tinka am Treffpunkt ankam, wunderte sie sich, dass Karl noch nicht da war. Neben dem Bachbett wuchsen jede Menge wilde Kräuter. Mit ihren Farben und ihrem Blütenduft verbreiteten sie eine wohltuende Atmosphäre.
Dann würde sie die Zeit nutzen und rasch ihre Strafarbeit erledigen. Tinka setzte sich auf eine Bank vor der Blumenwiese und holte ihr Mathebuch aus der Schultasche. Doch sie konnte sich nicht konzentrieren. Immer wieder musste sie an das denken, was gerade an ihrer Schule passiert war. Plötzlich bremste Karl mit quietschenden Reifen neben ihr. Tinka erschrak sich fast zu Tode, und das Heft fiel ihr aus der Hand. Die Matheformeln

wurden von der Wiese verschluckt. „Was ist denn da an unserer Schule passiert?“, rief Karl fassungslos. Er war so aufgewühlt, dass sie ihm gleich erzählen musste, was sie gesehen hatte.
Danach schaute Tinka auf ihre Uhr, und da kam der Rest der Freundesgruppe auch schon auf sie zugestürmt: Phil, Jonas und Malika mit Hope wie immer an ihrer Seite.
„Was gibt’s“, wollte Jonas gleich wissen. „Erzähl schon, was war da los, es gibt schon Gerüchte, jemand hätte die Zeit gestohlen?“ Tinka nickte. „So könnte man es auch ausdrücken …“ Ihre Stimme klang belegt. Sie war noch immer völlig durcheinander.
Tinkas Stimmung übertrug sich auf Hope. Sie hüpfte bellend zwischen den Kindern hin und her, bis Malika leise schnalzte. Sofort legte sich die Hündin folgsam neben Malika auf den Boden und gab keinen Mucks mehr von sich.
Tinka bückte sich und streichelte Hope über den Kopf. Dann begann sie noch einmal zu erzählen, was am Vormittag an ihrer Schule vorgefallen war.
Und natürlich berichtete sie auch von dem Lehrer, der wahrscheinlich gar keiner war. Wenn sie jetzt in Ruhe darüber nachdachte, fiel ihr auf, dass er sich auch nur mit „Lasse“ vorgestellt hatte. Sie erinnerte sich auch wieder daran, wie seltsam er sich verhalten und wie komisch er sich bewegt hatte.
Jonas sprang auf. „Vielleicht sind das ja gar keine echten Menschen? Ich finde, sie wirken ein bisschen wie Roboter, gleichgültig und unnahbar. Der Typ am Brunnen hat sich auch so merkwürdig bewegt, irgendwie anders als alle anderen.“ Dann verkündete er mit tiefer Stimme: „Ich bin Robot.“ Dazu

imitierte er einen Roboter, indem er mit abgehackten Bewegungen über den Platz schlurfte. Tinka musste lachen, die Anspannung fiel langsam von ihr ab. „Ich wünschte, das wäre auch an unserer Schule passiert“, sagte Malika und schaute Jonas belustigt hinterher.
„Jedenfalls gibt es mehrere dieser seltsamen Typen!“ Tinka zählte sie an ihren Fingern auf: „Das Sommersprossengesicht, die blonde Frau und jetzt Lasse, der angebliche Lehrer. Vielleicht stecken sie auch alle unter einer Decke?“, mutmaßte sie. Phil drehte seinen Rollstuhl im Kreis. Dann blieb er plötzlich stehen. „Das sind doch die Neuen, über die schon so viel geredet wurde und die sich so sonderbar verhalten!“
„Ja, Mann!“, rief Jonas aufgeregt. „Und sie sind immer an den Orten, an denen etwas passiert: der mit den Sommersprossen am Brunnen, die Frau am Tante-Emma-Laden – und jetzt Lasse an der Schule!“
„Moment mal“, sagte Phil nachdenklich. Die anderen warteten gespannt. „Purxel hat uns im Buch aufgefordert, auf die Zeichen zu achten. Zuerst wurden uns Hexen und Teufel gezeigt, und wie Jonas richtig vermutet hatte, deuteten sie auf den Narrenbrunnen hin. Erst auf der nächsten Seite quoll Schaum aus dem Buch. Wenn wir schneller auf die Verbindung gekommen wären, nämlich, dass bald der Schaum aus dem Narrenbrunnen fließen würde, hätten wir das möglicherweise verhindern können. Am Samstag, also vor zwei Tagen, haben wir zuerst die Uhr am Turm der Grundschule gesehen und dann den alten Schlüsselbund.“

Karl wurde ungeduldig: „Und was heißt das jetzt?“ Er hatte keine Ahnung, worauf Phil hinauswollte.
„Das heißt“, fuhr Phil fort, „dass uns zuerst immer die Orte angezeigt werden, an denen etwas geschieht und dann etwas, bei dem wir reagieren können.“
„Ich hätte also doch die Schlüssel aufheben und damit weglaufen sollen“, meinte Tinka niedergeschlagen. „Wahrscheinlich hätte ich damit die Tür öffnen können, hinter der Frau Papou gefangen gehalten wird.“ Tinka fühlte sich elend. Sie hatte ihre Chance vertan.
Phil konnte nicht mit ansehen, wie sehr sie sich quälte. „Oder“, begann er schnell, „vielleicht sind diese Roboter der Schlüssel zu ihr. Wenn wir verstehen, was sie wollen, finden wir möglicherweise auch unsere Buchhändlerin?“, schloss er mit einem Seitenblick zu Tinka.
„Konnten diese Typen, die vielleicht gar keine echten Menschen waren, auch Gefühle vortäuschen?“, überlegte Phil dann. Die Frau, die ihm das Buch aus der Tasche gestohlen hatte, war doch ganz freundlich und besorgt gewesen. Trieben sie nur Schabernack – oder waren sie gefährlich? Und vor allem: Steckten sie hinter der Entführung von Frau Papou? Das Einzige, das darauf hindeutete, war, dass Malika das magische Buch in der Bücherstube gefunden hatte, nachdem die Buchhändlerin verschwunden war. Reichte das aus, um sie zu verdächtigen? Nachdenklich starrte Phil vor sich hin.
Karl kaute nervös auf seinem Kaugummi herum und ließ wieder eine Blase entstehen, um etwas Druck abzulassen, weil er so

unter Dampf stand. Mit lautem Knall ließ er sie platzen. Er schritt, nach den richtigen Worten suchend, vor den anderen auf und ab. Reden zu halten war nicht seine Stärke, aber jetzt hatte er etwas Wichtiges zu sagen. Nervös rückte er seine Nickelbrille zurecht.

„Ich schlage vor“, begann er dann und schaute alle der Reihe nach an, „dass wir noch einmal einen Blick in das Buch werfen. Vielleicht gibt es ja bereits ein neues Bild.“ Er machte eine Pause. „Wenn wir diese komischen Typen dann irgendwo wiedersehen, reden wir einfach mit ihnen und fragen sie, wo sie unsere Buchhändlerin versteckt halten. Ich glaube noch immer nicht, dass sie gefährlich sind“, schloss er seine Ausführungen.

Hope fuhr sich mit der Pfote über ihr drolliges Hundegesicht und blinzelte zu ihm hinauf.

Phil band mit einem Gummi seine langen braunen Haare zusammen. „Vielleicht hat Karl Recht“, meinte er dann, auch wenn er ein ungutes Gefühl im Bauch spürte. „Möglicherweise machen wir viel zu viel Wirbel um diese Typen. Lassen wir‘s drauf ankommen.“

Zögernd holte er das magische Buch aus seiner Tasche. „Sie haben uns das Buch gestohlen, schon vergessen? Ich glaube nicht, dass sie auf unserer Seite sind.“

Malika runzelte warnend die Stirn. Als würde der Wind ihre Worte unterstreichen, blies er eine heftige Brise zwischen die Seiten und hob es dem verblüfften Jungen aus den Händen. Kurz darauf hielt der Wind seinen Atem wieder an, und das Buch segelte ein paar Meter weiter sanft zu Boden.

„Das war wohl doch keine gute Idee." Erschrocken schaute Phil Malika nach, die schon aufgestanden war, um es wieder zurückzuholen. Frustriert über sich selbst, schüttelte Phil den Kopf. Er hatte schon wieder sein Bauchgefühl ignoriert. Er erinnerte sich an die alarmierende innere Stimme, die er gehört hatte, bevor ihm das Buch gestohlen worden war. Dabei waren die Bilder im Buch so deutlich gewesen, zuerst der Tante-Emma-Laden und dann auch noch Purxel, in seiner Verkleidung als Dohle mit Lippenstift und Söckchen.
Ein plötzlicher Windstoß blätterte das Buch wieder auf und aus den Seiten schwebten den Kindern nun Eiskugeln entgegen! Maracuja, Pistazie, Himbeere, Schoko … Doch bevor sie danach greifen konnten, wurden die Kugeln wieder ins Buch hineingezogen und blieben nur noch als Buntstiftzeichnung sichtbar, die langsam hinter einem Berg aus weißen Kristallen verschwand. War das Zucker oder Salz? Sie konnten es nicht erkennen. Enttäuscht blätterten die Kinder um. Auf dem nächsten Bild war wieder Purxel zu sehen. Er hatte einen kleinen Haifisch im Schnabel. Auf der einen Seite hing eine dreieckige Finne heraus, auf der anderen ein großes spitzes Maul. Purxel breitete mahnend die Flügel aus und setzte ein sehr ernstes Vogelgesicht auf. Wollte er die Kinder warnen? Aber wovor? Weshalb waren die Zeichen im Buch nur immer so schwer zu verstehen?
„Der macht wieder nur Blödsinn", meinte Karl. „Ich geh mal los und guck, ob ich etwas Auffälliges bemerke." Nach seiner Erfahrung an der Giersbergkapelle war er überzeugt, dass ihn wieder irgendetwas auf die richtige Spur bringen würde. Er war

ja jetzt Profi im Finden, auch ohne innere Stimme. Dieses Gerede um Stimmen war sowieso nur Quatsch, fand er. Karl stand auf, zog seine Hochwasserhose glatt und schnappte seine Schultasche. Missmutig spuckte er seinen Kaugummi aus.
„Warte doch mal!“, rief Phil. Seine braunen Augen fixierten das Bild im Buch, er hoffte auf ein deutlicheres Zeichen. Aber er bekam keine weitere Information.
„Was ist jetzt?“, fragte Karl, der widerwillig stehen geblieben war und unruhig auf der Stelle trippelte.
„Wir teilen uns auf und sobald einem von euch etwas auffällt, gebt ihr den anderen Bescheid.“ Phil schaute Malika an. „Keine Alleingänge, hört ihr. Auch wenn diese Kerle bis jetzt wohl nur Unfug gemacht haben, könnten sie auch die Kidnapper sein.“

Frau Papou starrte auf das Blatt, das der Professor vor ihr ausgebreitet hatte. Da standen nur Formeln drauf, die sie nicht verstand. „Ich habe einen geheimen Raum, der sich unter meinem Schlafzimmer befindet.“ Herr Kopaki strich nervös über seine Bartstoppeln. Sie nickte.
„Das ist mein Labor. Mit Hilfe der Künstlichen Intelligenz habe ich dort drei Roboter erschaffen. Bisher haben sie immer getan, was ich ihnen gesagt habe. Aber es hat sich ein Fehler eingeschlichen … und jetzt machen sie, was sie wollen.“

„Du meine Güte!“, stieß Frau Papou entsetzt aus. „Und was machen wir jetzt?“ Sie schaute den Professor fragend an.
„Ich müsste an meinen Laptop kommen, der sich in diesem Labor befindet.“ Herr Kopaki stieß energisch mit seinem Zeigefinger auf das zerknitterte Blatt Papier. Hier habe ich die neue Formel aufgeschrieben, die ich eingeben müsste, um die Roboter wieder umzuprogrammieren.“
„Und das wollen die Roboter vermutlich verhindern – und deshalb werden wir hier von ihnen gefangen gehalten“, schloss die Buchhändlerin aus seinen Ausführungen. Der Professor nickte.
„Was haben Sie sich denn dabei gedacht? Sie haben uns alle in Gefahr gebracht und wer weiß, was noch alles geschehen wird?“, schimpfte die Buchhändlerin, nachdem sie die Tragweite dieser Geschichte verstanden hatte.
Der Professor senkte beschämt seinen Kopf und murmelte vor sich hin. „Mit Hilfe der modernen Technologien wollte ich etwas Außergewöhnliches erschaffen, aber ich habe in meinem Streben nach Anerkennung und Erfolg meine ursprünglichen Absichten aus dem Blick verloren. So geschehen Fehler.“ Seine Augen wurden feucht, und er ließ sich entmutigt auf einen Stuhl fallen.
Die Spinne, die sich vorsichtig aus ihrer Deckung herausgewagt hatte, um noch einmal ihr Netz zu kontrollieren, spürte die Erschütterung und brachte sich schleunigst wieder in Sicherheit.

Malika schlenderte lustlos durch die Ortschaft. Sie kam ins Grübeln. War es richtig gewesen, das Buch an diesem Abend einfach an sich zu nehmen? Wären all die Dinge nicht geschehen, wenn sie es auf dem Lesesessel liegen gelassen hätte? Oder gehörte dies alles zum Lauf einer Geschichte – zu ihrer Geschichte vielleicht? Oder zu der Geschichte der Bücherhaie?
„Ich mache mir definitiv zu viele Gedanken“, ermahnte sie sich selbst. Doch die Zweifel ließen sich nicht so schnell abschütteln. Taktlos setzten sie sich auf ihre Schultern, die sich mit einem Mal unangenehm schwer anfühlten. Jeder Versuch, die lästigen Zweifel abzuschütteln, scheiterte. Als Malika am Buchladen vorbeikam, dachte sie plötzlich an die Eiskugeln, die sie vorhin im magischen Buch gesehen hatten. Diesmal hatte Malika es verstanden: Sie musste zur Eisdiele gehen.
Als Hope und Malika dort ankamen, beschimpfte Frau Polte gerade wutentbrannt den Eisverkäufer und schleuderte ihm unschöne Worte über die Theke. Der wollte die Worte nicht auf sich sitzen lassen und schimpfte postwendend zurück, woraufhin sich die alte Frau brüskiert umdrehte und zum Gehen wandte. Als sie Malika sah, die bestürzt stehengeblieben war, sagte sie: „Da haben wieder die Okupisten ihre Hände im Spiel.“ Frau Polte nickte sich selbst zu, als wollte sie sich ihre Aussage bestätigen, und warf Malika und Hope einen verschwörerischen Blick zu.

Dann eilte sie davon. Aber ihre Worte ließ sie da und die wirkten weiter. Sie sorgten dafür, dass Charly, der junge Eisverkäufer, das allererste Mal während seiner Arbeitszeit selbst an einem Eis schleckte.
„Bahh!", rief er aus, und seine Gesichtszüge entglitten. Malika konnte nicht wissen, dass sie im denkbar ungünstigsten Augenblick ihre Bestellung aufgab, als sie: „Ein Schokoeis in der Waffel bitte," sagte. Der Mann starrte sie verwirrt an, als hätte sie Eis in Gulaschsoße oder ein paar grüne Frösche in Vanille bestellt.
„Heute – alles – ausverkauft", stammelte er.
„Aber wieso...?", entgegnete Malika und starrte auf die vollen Töpfe. Doch bevor sie ihren Satz zu Ende sagen konnte, fand sie sich bereits vor der Tür wieder, weil Charly sie unsanft nach draußen geschoben hatte. Hope knurrte leise.
Unter dem japanischen Schnurbaum saß der sommersprossige Fremde. Er schaute zu Malika hinüber, und auf seinem Gesicht lag ein breites Grinsen. Offenbar amüsierte er sich köstlich.
„Operation gelungen!", rief er fröhlich und deutete auf das Salzfass in seinen Händen. Malika beschlich ein ungutes Gefühl. Sie verstand nicht, was er meinte, aber sie vermutete, dass es etwas mit dem Eis und dem verärgerten Charly zu tun haben musste. Bevor Malika darüber nachdenken konnte, griff der Sommersprossige nach einer grauen Filztasche und stand auf. An einem der Henkel hing ein kleiner Haifisch. Malika starrte den Mann mit weit aufgerissenen Augen an. Diese Tasche gehörte Frau Papou! In ihr bewahrte sie immer die Bücher für die Bücherhaie auf.

Phil hatte Recht, dieser Mann musste etwas mit der Entführung der Buchhändlerin zu tun haben! Warum sonst trug er ihre Büchertasche mit sich herum? Jetzt erinnerte Malika sich auch daran, dass Purxel auf dem Bild im magischen Buch einen kleinen Fisch im Schnabel gehabt hatte. Es deutete alles darauf hin, dass dieser Typ sie zu Frau Papou führen würde, wenn sie ihm auf den Fersen bliebe.
Als der Schreck, der ihr in die Glieder gefahren war, seinen Griff wieder etwas gelockert hatte, kramte sie ihr Handy aus der Tasche, um den anderen, wie ausgemacht, Bescheid zu geben. Das Display war aus – der Akku leer. Was jetzt? Bis ihre Freunde kämen, würde zu viel Zeit verstreichen, und der merkwürdige Typ wäre längst über alle Berge. Deshalb schlug sie die Warnung, die Phil ausgesprochen hatte, in den Wind und schluckte das düstere Gefühl, das sie beschlich, einfach hinunter. Sie wartete, bis der Mann um die Ecke gebogen war. Dann schlich sie ihm möglichst unauffällig hinterher. An Purxels ernstes Gesicht und seine warnende Geste beim letzten Blick in das magische Buch dachte Malika in diesem Moment nicht.
„Bei Fuß“, flüsterte sie Hope zu und die Hündin gehorchte.

Frau Papou war empört, und ihr Kopf dröhnte. Sie kramte in ihrer Jackentasche und fand noch eine Schmerztablette. „Wie heißen denn Ihre Geschöpfe?", wollte sie jetzt wissen. Der Professor krächzte heiser: „Einer heißt Willi, dann gibt es noch Lasse und Isolde."

Frau Papou stand auf und schritt nachdenklich im kleinen Dachstuhl hin und her. „Wie können wir uns befreien?" Nachdem ihre Versuche, aus dem Dachfenster zu rufen, gescheitert waren, überlegte sie fieberhaft, welche anderen Möglichkeiten es geben könnte.

„Sie könnten einen Herzinfarkt vortäuschen, wenn Willi das nächste Mal Essen bringt. Wir sagen ihm, dass sie dringend ärztliche Hilfe brauchen." Sie kaute nervös auf ihrem Brillenbügel herum.

„Das wird Willi nicht beeindrucken", entgegnete der Professor. „Roboter haben keine echten Gefühle. Sie können Emotionen nur nachahmen." „Warum bringt Willi Ihnen dann jeden Tag Essen vorbei, wenn er sich nicht um Sie sorgt?", fragte Frau Papou verwundert.

Der Professor seufzte. „Willi war mein Koch, vermutlich sind noch alte Programmierungen aktiv." Herr Kopaki zuckte deprimiert mit den Schultern.

„Willi versteht sein Handwerk", sagte Frau Papou nachdenklich.

„Ja, er kocht hervorragend", erwiderte der Professor und klang fast ein wenig stolz.

„Kennen Sie dieses blaue Gewürz, das er schon am ersten Tag ins Essen gemischt hat?", fragte die Buchhändlerin neugierig.

„Oh nein!", rief Herr Kopaki aus. „Das ist das Flüsterkraut!"

Als Frau Papou ihn fragend ansah, fügte er hinzu: „Das hat mir eine Bekannte geschenkt. Sie ist Expertin für Heilpflanzen und kennt sich bestens mit solchen Gewächsen aus. Dieses Kraut wirkt auf den Kehlkopf und dämpft die Stimme. Aber wie konnte Willi davon wissen? Ich hätte schwören können, dass er zu diesem Zeitpunkt in der Küche war."

Die Buchhändlerin war entsetzt. „Ich hoffe, Ihre Bekannte hat auch ein Gegenmittel erwähnt!"

Der Professor richtete sich auf. „Selbstverständlich", sagte er. „Der Spitzwegerich hebt die Wirkung wieder auf. Aber leider wächst er unten auf der Wiese und nicht hier oben unter diesem Dach", fügte er zerknirscht hinzu. Sie schwiegen wieder und jeder hing seinen eigenen trüben Gedanken nach.

„Welche Aufgaben hatten die anderen beiden Roboter?" erkundigte sich Frau Papou, die immer neugieriger wurde.

„Isolde hat sich um meinen Garten und die Kräuter gekümmert, sie war meine Gärtnerin." Der Professor hielt inne. „Daher kommt die Information über das Flüsterkraut," murmelte er nachdenklich. „Diese Gaunerin, sie hat uns damals belauscht! Wie kann sie es wagen, das jetzt gegen mich einzusetzen?"

„Sie wollte wahrscheinlich sicherstellen, dass wir keine Hilfe holen können", erwiderte Frau Papou. „Und Lasse?", fragte sie weiter.

„Lasse war mein Sekretär. Er hat mich bei all den lästigen Schreibtischarbeiten unterstützt, bei der Korrespondenz, dem Schreiben von Rechnungen, dem Erstellen von Angeboten... und auch bei der Steuer. Vielleicht habe ich ihm in diesen Dingen zu viel Verantwortung übertragen, und dann ist dieser dumme Fehler passiert."

Frau Papou schaute sich im Dachstuhl um und ihr Blick blieb an ein paar alten Gardinen hängen. „Los, helfen Sie mir“, wies sie plötzlich den überraschten Professor an und begann, die Stoffe zusammenzuknoten.

„Sie wollen sich doch nicht etwa an den Stofffetzen aus dem Fenster hangeln. Das ist viel zu gefährlich“, meinte der Professor entsetzt. Frau Papou schaute ihn belustigt an. „Nicht ich lasse mich herunter, sondern Sie, mein lieber Herr Kopaki.“

Der Professor wich zurück. Diese Frau musste übergeschnappt sein! „Ich bin nicht schwindelfrei“, keuchte er.

„Sie müssen ja auch nicht wirklich an dem Strang hinunterklettern, sondern nur so tun, als ob.“ Die Buchhändlerin fuhr fort, die Stoffe zusammen zu knoten, während sie dem Professor erklärte, was sie sich ausgedacht hatte. „Sie täuschen einen Fluchtversuch vor, indem Sie andeuten, aus dem Fenster zu klettern. Willi wird dann bestimmt versuchen, Sie aufzuhalten, und dann schlüpfe ich unbemerkt aus der Tür und hole Hilfe.“

Sie schaute zu der Spinne, die in ihrem Netz neben der Lampe hing. Sie hatte ihr Meisterwerk vollendet. Mit zunehmender Dunkelheit würden sich auch die Fliegen wieder einfinden und, süchtig nach dem Licht der Lampe, sich auf ihrem Todesflug in ihrem Kunstwerk verfangen.

Malikas Herz pochte bis zum Hals. Jedes Mal, wenn der Typ sich verstohlen umsah, ging sie in Deckung. Auf einmal war der Mann verschwunden.
„Mist“, murmelte sie und ärgerte sich über sich selbst. Wo war er jetzt nur? Ohne weiter nachzudenken, rannte Malika los und schaute um die nächste Ecke. Hope versuchte noch, nach ihrer Jacke zu schnappen, um sie aufzuhalten.
„Lass das“, zischte Malika ihre Hündin an. Da tauchte wie aus dem Nichts eine Gestalt vor ihr auf, mit einer Maske über dem Kopf, in die nur zwei schmale Schlitze für die Augen geschnitten waren. Hope knurrte. Malika wollte laufen, aber sie konnte nicht! Ihr Körper wollte nicht mehr gehorchen. Gelähmt vor Angst stand sie da. Obwohl sie den orangenen Gürtel in Judo besaß, konnte sie sich nicht wehren. Dann ging alles ganz schnell. Der Typ hielt ihr einen Wattebausch unter die Nase. Bewusstlos sackte sie zusammen.

Phil hatte inzwischen nach einer erfolglosen Suche die Bücherhaie wieder zusammengetrommelt. Nur Malika fehlte. „Merkwürdig, ich kann sie nicht erreichen.“ Besorgt schaute Jonas auf sein Handy. Einen Moment lang standen sie ratlos da und wussten nicht, was sie tun sollten. „Wir suchen sie!“ Karl schnappte

seinen Rucksack und wollte los. Dann drehte er sich nochmal zu den anderen um. „Aber wo?“
„Wir durchkämmen zusammen den ganzen Ort“, schlug Phil vor und versuchte ein Lächeln.
Als sie an dem Buchladen vorbeikamen, ratterte gerade der alte Saugroboter durch die offenstehende Ladentür. Die Kinder kannten die elektrische Putzhilfe der Buchhändlerin, weil sie Anfang des Jahres beim Treffen der Bücherhaie überlegt hatte, sich einen neuen SE 1000 Soft plus anzuschaffen, da nach dem Saugen noch immer so viele Krümel auf dem Bücherstubenboden lagen.
„Der ist auch schon in die Jahre gekommen, er macht Geräusche wie die alte Yamaha XT von meinem Vater“, grinste Jonas.
Ehe sie sich versahen, preschte der Ausgebüxte entschlossen in Richtung Eisdiele davon.
„Los, ihm nach“, rief Tinka, als wäre es das Selbstverständlichste der Welt, die Verfolgung eines Staubsaugers aufzunehmen.
Vor der Eisdiele parkte ein Polizeiauto. Der Wachtmeister gestikulierte heftig mit dem Eisverkäufer. Sie schienen die Kinder nicht zu bemerken, die möglichst unauffällig versuchten, an ihnen vorbeizuschleichen, um dem Staubsauger zu folgen.
„Haaaaaalt“, der Uniformierte hatte sie schließlich doch registriert. „Was habt ihr vor?“, fragte er argwöhnisch.
„Wir verfolgen den Staub…“, setzte Karl wahrheitsgemäß an, bis er von Jonas eine Kopfnuss bekam.
„Ein Staubtäubchen, das sogenannte Sgurrum tabuntum, aus der Familie der Tauben“, grätschte Tinka gerade noch recht-

zeitig in die Antwort. „Es gehört zu einer Unterfamilie der amerikanischen Kleintauben."
„Aha." Der Polizist war irritiert. Zuerst war ihm ein knatterndes Geräusch aufgefallen und kurz danach verfolgten vier sichtlich nervöse Kinder irgendein exotisches Staubtäubchen, von dem er noch nie gehört hatte. Aber dann widmete er sich wieder seinen Polizeiermittlungen, die, so befand er, nicht im Geringsten etwas mit einem Vogel zu tun haben konnten.
Die Kinder wollten gerade wieder losrennen, da fragte Charly, der Eisverkäufer: „Wo ist denn eure Freundin mit den braunen Locken und dem Hund? Sie wollte gerade zu dem Zeitpunkt ein Eis bei mir kaufen, als ich feststellen musste, dass es total versalzen war. Kurz danach hatte sie sich mit einem Mann unterhalten." Charlys Augen verengten sich zu kleinen Schlitzen. „Moment mal", murmelte er. „Vielleicht war der ja sogar der Übeltäter." Charly schnaubte verächtlich. „Es wäre auf jeden Fall hilfreich, wenn eure Freundin als Zeugin vor der Polizei aussagen könnte." Die Kinder erstarrten. Malika war also hier gewesen und hatte sich obendrein mit einem fremden Mann unterhalten. Das bedeutete nichts Gutes.
„Hm", brummte Jonas. Die Angst um Malika schnürte ihm den Hals zu. „Wann haben Sie sie denn gesehen?", krächzte er.
Jonas hoffte, dass Charly und der Polizist keinen Verdacht schöpften und am Ende noch glaubten, sie hätten etwas damit zu tun. „Vor ein paar Minuten", antwortete der Eisverkäufer. „Wir werden es ihr gleich ausrichten, wenn wir sie treffen", meinte Phil und lächelte gequält.

Dann sagte er an die Bücherhaie gewandt: „Zuerst haben sie Seifenlauge in den Narrenbrunnen gekippt. Das war nicht für alle Menschen lustig, aber auch nicht richtig schlimm. Die Sache mit der Schuluhr war eine witzige Idee, das könnten sie mal an meiner Schule machen. Aber dass jetzt auch noch Charlys Eis versalzen wurde, ist super ärgerlich." Karl, Tinka und Jonas nickten.
„Jetzt wissen wir auch, was es mit der Warnung vor den Eiskugeln auf sich hatte", fuhr Phil fort. Es war so schwierig, dieses verflixte Buch richtig zu deuten. Aber eines wussten sie jetzt: Malika war in großer Gefahr – und hier hörte der Spaß wirklich auf.
„Wie kannst du dir nur so viele Vögel merken?", meinte Phil dann bewundernd zu Tinka.
„Hab ich gar nicht", antwortete sie, „dieser hier war frei erfunden." Phil musste laut losprusten. Dann erinnerte er sich wieder an den Ernst der Lage.
Die Kinder rannten weiter in die Richtung, in die der SE 1000 Soft verschwunden war. Das Knattern war fast nicht mehr zu hören. Der Ausreißer machte sich offensichtlich gerade aus dem Staub. Aber weiter vorn sahen sie ihn eben noch um die nächste Häuserecke biegen.
Als sie den SE 1000 Soft eingeholt hatten, quittierte dieser mit einem leisen Knall seinen Staubsaugerdienst, um für immer zu verstummen. Willenlos sauste er die abschüssige Straße hinab und blieb an einem schwarzen Gegenstand hängen.
„Irgendwie schade um ihn, obwohl er ja nur ein Staubsauger war", meinte Karl traurig und ließ wieder einmal eine Kaugummiblase platzen.

„Oh neiiiin!“, schrie Jonas plötzlich entsetzt. Und während die anderen noch dachten, dass er wegen eines kaputten Staubsaugers nun doch ein wenig übertreibe, rannte er schon los. „Das sind Malikas Schuhe“, rief er ihnen noch über die Schulter hinweg zu. Dann hatte er das Mädchen auch schon erreicht. Die anderen rannten so schnell sie konnten hinterher.

FALSCHE WEGE

Als Willi die Tür zum Dachstuhl aufschloss, um Frau Papou und Professor Kopaki das Mittagessen zu bringen, erkannte der Roboter blitzschnell die Lage: Das Ende eines aus Stoffen geknoteten Seils war an einem Dachbalken befestigt, während das andere Ende vermutlich schon draußen vor dem Fenster hing. Der Professor war auf einen Tisch geklettert und versuchte umständlich, sich an dem Strick nach draußen zu hangeln. Frau Papou rief ihm ermutigend „Schnell, machen Sie schon, er kommt!“, zu und warf einen ängstlichen Blick zur Tür. Willi ließ das Tablett fallen und stürmte auf Herrn Kopaki zu. „Stopp, hiergeblieben“, schrie er und zog den erleichterten Professor vom Fenster weg.
Frau Papou schlich sich leise davon. Sie triumphierte. Ihr Plan schien aufzugehen! Sie rannte auf den Flur hinaus und die knarzende Holztreppe hinunter. Kurz hielt sie inne und lauschte. Sie hörte Stimmen. Sie kamen näher. Ihr Herz schlug bis zum Hals. Die Stimmen bewegten sich entlang der Flurwände direkt auf sie zu. Hatte Willi ihr Verschwinden schon bemerkt? Sie musste sich beeilen. Die letzte Tür war in greifbarer Nähe. Frau Papou drückte die Klinke hinunter und trat ins Freie. Geschafft!
Erleichtert atmete sie auf. Sie wollte gerade weiterlaufen, da stand plötzlich ein breitschultriger Mann mit dunklem Bart vor ihr. Sie konnte schreien und schimpfen, wie sie wollte, er packte sie und zerrte sie ins Haus zurück. Auf halber Strecke trafen

sie auf Willi, der den Professor im Schwitzkasten hielt.
Einer Schmeißfliege, die sich im Spinnennetz verfangen hatte, war es gelungen, sich zu befreien. Mit lautem Brummen zog sie vor Frau Papous Nase ihre nervigen Kreise, als wolle sie ihre neu errungene Freiheit demonstrieren. Die Buchhändlerin schlug neidisch mit der Hand nach ihr.

Jonas hielt Malika seine Wasserflasche hin. „Was ist denn passiert?“, fragte sie benommen, als sie sich aufsetzte und hastig daraus trank. Er schaute sie an und lächelte. „Du warst bewusstlos. Nachdem wir uns aufgeteilt hatten, haben wir länger nichts von dir gehört. Also gingen wir dich suchen. Du weißt ja: für dich – mich – alle, gemeinsam sind wir stark. Der SE 1000 Soft hat uns zu dir geführt, bevor er den Geist aufgab.“
Obwohl Malika nicht verstand, was der Staubsauger mit der Situation zu tun hatte, war sie plötzlich sehr froh, die Bücherhaie und besonders Jonas wieder an ihrer Seite zu haben. Dieses unerwartete Gefühl verwirrte sie. Sie errötete und hoffte, dass niemand ihr klopfendes Herz hören konnte.
Dann fügte sie hinzu: „Ich bin einem Mann, vielleicht einem der drei Roboter gefolgt. Er hatte die Haifischtasche von Frau Papou dabei, ihr wisst schon, in der sie die Bücher für den Buchclub aufbewahrt.“ Malika war noch ein wenig benommen und

massierte ihre Schläfen. „Ich dachte, wenn ich ihm folge, führt er mich zu dem Ort, wo er sie gefangen hält.“
„Warum hast du uns nicht Bescheid gegeben?“, fragte Jonas ein bisschen verärgert.
„Mein Handy war leer.“ Schuldbewusst blickte sie zu Boden.
Phil seufze. „Die Botschaft des magischen Buches hat sich also mal wieder erfüllt: Das Eis, vermutlich versalzen, stand als Symbol für die Eisdiele und sollte uns alle zusammen dorthin führen. Und Purxel wollte uns vor dem Mann, der Frau Papous Haifischtasche gestohlen hatte, warnen. Es könnte besser laufen, wenn wir die Botschaft des Buches nicht immer erst im Nachhinein verstehen würden“, meinte er niedergeschlagen.
Tinka legte ihre Hand tröstend auf Phils Schulter. „Ich glaube, dass wir ein ganz gutes Bauchgefühl haben. Manchmal läuft auch etwas schief, aber wir werden ja auch besser, oder?“
Tinka hatte gerade ihren Satz beendet, da sah Malika sich hektisch um: „Wo ist Hope?“, rief sie alarmiert. Die Hündin war nirgends zu sehen. Alle liebten Hope, sie gehörte zu ihnen! Der Gedanke, es könnte ihr etwas zugestoßen sein, war für sie alle unerträglich. „Sie heißt Hope, also Hoffnung, ihr wird schon nichts passieren“, sagte Jonas, um Malika Mut zu machen, aber in seiner zitternden Stimme schwang die Sorge mit.
Karl hatte alle Mühe, seine Tränen zurückzuhalten. Er wollte Malikas Angst um ihre Hündin nicht noch bestärken.
„Wir müssen aufmerksamer werden und in uns selbst und in die Welt hören“, Phil knuffte den Jüngeren bestärkend in die Seite.
Karl schnaubte. Dieses Gequatsche von der inneren Stimme

kannte er ja bereits. Das konnte jeder sehen, wie er wollte, er jedenfalls glaubte eher an Zufälle. Weshalb die Zufälle einem zufielen, wusste er auch nicht. Er hatte das magische Buch wiedergefunden, und das reichte ihm vorerst und machte ihn stolz. Aber in die Welt hören, das war neu für ihn. „Was meinst du damit?“, fragte er zurück.

„In die Welt hören – das heißt, die Dinge, die um dich herum geschehen, zu beobachten. Wenn du dann auch auf dein Bauchgefühl hörst, wirst du merken, dass es einen Gleichklang gibt, zwischen dir und der Welt. Ich habe das nach meinem Unfall damals lange geübt, es hat mir geholfen, mich im Leben wieder zurechtzufinden. Tiere haben einen Instinkt. Wir haben das auch, nur nennen wir es Bauchgefühl, innere Stimme oder goldenes Licht.“

„Und das alles können wir durch das magische Buch lernen?“, fragte Karl ungläubig. Phil grinste, weil er wusste, dass Karl nicht an sowas glaubte. „Ich bin Tinkas Meinung“, sagte er. „Auch wenn nicht alles gut ist, was gerade passiert, sind wir doch schon viel weiter: Manchmal hören wir besser, manchmal schlechter auf unseren Bauch oder auf unsere Stimme. Und ja, ich glaube, mit Hilfe des Buches werden wir immer besser.“

„Ich hab es jetzt auch verstanden.“ Malika schaute die anderen schuldbewusst an. „Wir wissen, dass diese drei Typen nicht nur Blödsinn machen, sondern auch gefährlich sind. Wenn wir unsere Buchhändlerin und Hope wiederhaben wollen, müssen wir unbedingt auf die warnende Stimme in uns hören, um nicht in Gefahr zu kommen.“ Die anderen nickten.

„Haben diese Typen, wenn sie wirklich Roboter sind, auch ein Bauchgefühl?“ Karl wollte es jetzt ganz genau wissen.
„Ich glaube nicht. Die Roboter werden programmiert, das heißt, jemand sagt ihnen, was sie tun sollen. Sie können demnach kein Bauchgefühl haben. Deshalb interessieren sie sich vermutlich auch nicht mehr für das magische Buch. Vielleicht sehen sie nichts weiter als ein weißes Blatt Papier“, vermutete Phil.
„Das verstehe ich jetzt nicht“, unterbrach Karl ihn erneut. „Weshalb haben die Roboter das Buch dann geklaut und vor uns versteckt?“ Er runzelte die Stirn.
„Keine Ahnung. Vielleicht waren sie neugierig und wollten uns ärgern?“, erwiderte Phil und zuckte mit den Schultern. „Kommt, wir verschwinden!“, meinte er dann, „ich muss nach Hause. Möglicherweise sind die Typen noch in der Nähe.“
Doch diesmal täuschte er sich. Die saßen mittlerweile längst im Haus vom Professor, um sich etwas Neues auszudenken.

Am nächsten Morgen schlug Frau Papou die Augen auf und stellte fest, dass sie sich noch immer in dem verhassten Dachstuhl befand. Willi und Lasse hatten ihre Komplizin Isolde beauftragt, auf die Buchhändlerin und den Professor aufzupassen. Isolde nahm den Befehl sehr ernst und beäugte Frau Papou mit starrem Blick.

„Ich werde noch verrückt!“ Die Buchhändlerin rappelte sich auf. „Könnten Sie zur Abwechslung bitte mal woanders hinschauen?“ Isoldes Blick blieb unverändert, und Frau Papous emotionaler Ausbruch prallte an ihr ab. Das machte die Buchhändlerin nur noch wütender.

Da bemerkte sie, dass hinter der Roboterfrau etwas an dem kleinen Dachfenster vorbeiflatterte. Das Etwas hatte Federn, es war bunt – das war doch – gütiger Himmel – Hilda, der Papagei! Er hatte sie gefunden.

„Hilda ist unsere Rettung“, schoss es ihr durch den Kopf. Bestimmt hatte der Professor Hilda so abgerichtet, dass sie seine Befehle ausführte! Die Buchhändlerin versuchte, Herrn Kopaki ein Zeichen zu geben, das ihn an seinen Papageien erinnerte. Sie hoffte, dass er vorsichtig genug war, sich nur umzudrehen, wenn die Aufpasserin nichts bemerkte, denn Isolde durfte den Vogel auf gar keinen Fall sehen. Das war nicht einfach. Der Professor saß wie die Aufpasserin mit dem Rücken zum Fenster und verstand nicht, weshalb sich die Buchhändlerin auf einmal so seltsam benahm. Wahrscheinlich war sie nun wirklich, wie sie es kurz zuvor angekündigt hatte, verrückt geworden. Zumindest hatte er den Eindruck, dass sie ihre Impulse nicht mehr unter Kontrolle hatte.

Die Buchhändlerin gab nicht auf und versuchte, dem Professor immer wieder einen Hinweis zu geben, den dieser leider nicht verstand. Deshalb musste sie deutlicher werden. Das führte jedoch nur dazu, dass Herr Kopaki in seiner Annahme bestärkt wurde, sie habe den Verstand verloren. Momentan sah sie aus wie ein verletzter Vogel, der vergessen hatte, wie man fliegt. Sie schwang ihre angewinkelten Arme auf und ab, als wollte sie ihren Achseln Frischluft zufächeln.

„Was machen Sie denn da?“, fragte der Professor irritiert. Isolde hob den Kopf.

„Ich mache Yoga“, antwortete die Buchhändlerin. Wie sollte sie diesen begriffsstutzigen Mann auf Hilda aufmerksam machen, ohne dass es die Roboterfrau bemerkte? Schon leicht verzweifelt wagte sie noch einen letzten Versuch. Sie breitete die Arme aus und drehte den Oberkörper so weit wie möglich nach links. „Machen Sie mir das bitte mal nach, Herr Professor“, sagte sie, schon ein wenig außer Atem, „das ist eine sehr überlebenswichtige Drehübung.“

Der Professor kam nun endlich auf sie zu. „Was ist bloß in Sie gefahren?“, wisperte er ihr ins Ohr und packte sie am Arm. „Jetzt nicht gleich umdrehen“, flüsterte die Buchhändlerin zurück, „Hilda ist am Fenster, das wollte ich Ihnen die ganze Zeit zu verstehen geben.“

Augenblicklich fuhr der Professor herum und schaute zum Fenster. „Meine Hilda?“, rief er außer sich. Zum Glück hatte der Vogel sich gerade wieder entfernt, denn nun schaute auch Isolde in Richtung Fenster. Frau Papou gab dem alten Mann einen Stoß in die Rippen.

„Meine Hilda-Brötchen ... vermisse ich ganz besonders“, korrigierte sich der Professor schnell. Isolde schaute wieder zu den beiden und sagte gelangweilt: „Willi wird bald hier sein und etwas zu Essen vorbeibringen. Und übrigens: Flüstern ist verboten.“

Herr Kopaki war glückselig: Hilda war in der Nähe – und Frau Papou gar nicht verrückt, sondern nur zeitweise ein Vogel. Als er sich das Bild der flügelschlagenden Buchhändlerin wieder in Erinnerung rief, musste er das erste Mal seit Beginn seiner Gefangenschaft schmunzeln.
Die Spinne wartete am oberen Rand ihres Kunstwerkes ab, in der Hoffnung, dass sich im Laufe des Tages doch noch eine arme Fliegenseele in ihr Netz verirren würde.

Am Dienstagnachmittag nach Schulschluss versammelten sich die Bücherhaie gleich wieder am Osterbach und stritten heftig darüber, wie sie weiter vorgehen sollten. Jetzt war auch noch Hope verschwunden. Die Lage hatte sich zugespitzt. Es war kein Spiel mehr. Sie waren unsicher, weil sie die Roboter nicht einschätzen konnten. Waren sie bloß ungeschickte Störenfriede, die aus Unwissenheit Schaden anrichteten – oder steckte böswillige Absicht dahinter? Die inneren Stimmen, die den Kindern bisher schon mehrmals Orientierung gegeben hatten, wurden nun wichtiger denn je. Alle waren überzeugt, die eigene innere Stimme am deutlichsten zu hören. Das führte leider zu keiner einheitlichen Entscheidung. Phil, Tinka und Jonas wollten Frau Buchfink, die vertraute Buchhändlerin, die zusammen mit Frau Papou den Buchclub leitete, einweihen. Malika und Karl lehnten das ab, da sie noch immer glaubten, das Problem allein lösen zu können. Der Streit eskalierte. Sie begannen, sich gegenseitig zu beschimpfen. Phil musste fassungslos mit anhören, wie sich seine Freunde immer weiter zerstritten. All seine Versuche zu schlichten, scheiterten, denn anders als bisher, hörte ihm niemand mehr zu. Ein jeder war überzeugt davon, die richtige Stimme gefunden zu haben, die sich im Streit allerdings gar nicht zeigen konnte.

Phil wurde immer verzweifelter. Er musste gleich zur Physiotherapie. Seine Mutter hatte diesen Termin gerade noch für ihn ergattert, weil er seit einigen Tagen Schmerzen im Rücken hatte. Er konnte nicht länger hierbleiben. Weil er die anderen nicht ganz im Stich lassen wollte, nahm er das magische Buch aus der Tasche und legte es behutsam auf einen großen Stein. Vielleicht konnte es ihnen noch behilflich sein.

„Ich muss zur Krankengymnastik und lasse euch das magische Buch da“, rief er den Bücherhaien zu. Nur Tinka reagierte kurz. „Alles Gute“, rief sie ihm winkend nach. Doch kaum war er um die Ecke gebogen, hatte sie das magische Buch schon wieder vergessen. Es lag auf dem Stein, leuchtete und wartete darauf, beachtet zu werden.

Die lauten Stimmen der Kinder hatten die Führung übernommen. Der Streit dauerte an und Karl merkte plötzlich, dass er fror. Es nieselte und er spürte, wie Kälte, Wut und Müdigkeit in ihm aufstiegen. Sein rechter Schuh hatte ein Loch in der Sohle und langsam arbeitete sich die Feuchtigkeit bis zu seinem großen Zeh vor, der sich erschrocken krümmte und die anderen

Zehen gleich mit sich zog. Karl stampfte mit dem Fuß auf, um die Kälte abzuschütteln, landete mit dieser Aktion aber in einer Pfütze. Das versetzte die Zehen noch mehr in Aufruhr und sie fingen jetzt auch noch an, vor Kälte zu kribbeln. „Mir reicht's, ich werde hier nicht länger rumstehen und nichts tun. Ich geh Hope suchen." Er machte auf dem Absatz kehrt und lief Richtung Hauptstraße davon. Phil, der ihn wie gewohnt hätte zurückhalten können, war ja nicht mehr da.
„Warte, ich komm mit", rief ihm Malika nach und setzte sich ebenfalls in Bewegung. Sie drehte sich nicht mehr um. Jonas spürte einen Stich im Herzen. Tinka, die eigentlich so leicht nichts umhauen konnte, sagte: „Verflixt, ich mache extra meine Augen zu, damit die Tränen nicht rauskommen können, aber die schaffen es trotzdem irgendwie."
Jonas sah sie traurig an. „Ich hab die Augen auf, aber ich kann nicht weinen. Ich glaube, bei mir fließen sie nach innen."
Das Buch lag noch immer leuchtend auf dem Stein und hoffte, nicht vergessen zu werden.

PROTEST

Frau Papou und Herr Kopaki hatten keinen blassen Schimmer, wie sie Hilda Informationen zuspielen konnten, ohne dass es die Aufpasserin bemerkte. Und sie mussten sich beeilen, denn wenn Willi und Lasse wiederkämen, würde es noch kniffliger bis unmöglich werden.

In seinen vielen 100 Jahren hatte der verstaubte Dachboden noch nie so viele Gedanken und Grübeleien erlebt. Etliche Einfälle und Ideen schwirrten in seinen alten Gemäuern umher, wurden erfunden und wieder verworfen, in eine Ecke geschoben und wieder hervorgeholt. In den Köpfen der Buchhändlerin und des Professors ging es zu wie auf dem Pausenhof einer Grundschule. Ihre Gedanken plapperten wie das Geschnatter der Kinder laut durcheinander, und weil es so viele waren und meist nicht besonders brauchbar, waberten sie ziellos durch den alten Speicher, bis Frau Papou plötzlich: „Ich hab's!", ausrief.

Der Professor fiel vor Schreck fast vom Stuhl, weil er gerade noch in eigenen Gedanken verfangen war. Er hielt sich an einem verdreckten Tischtuch fest, das sich nach unten ziehen ließ und eine alte Schüssel mit sich nahm, die donnernd zu Boden fiel und zerbarst.

Als er die Scherben einsammeln wollte, fasste er in Mäusekot. „Igitt", stieß er aus. Angeekelt zog er seine Hand zurück und raufte sich, wie er es immer tat, die Haare. Nun tropften ihm die Köttel von dort ins Gesicht.

Das sah so komisch aus, dass Frau Papou unwillkürlich losprustete und sich den Mund zuhalten musste, um nicht in schallendes Gelächter auszubrechen.
Auf einer Verstrebung des hauchzarten Bauwerks hatte sich nun doch ein Untermieter verfangen und verhalf unfreiwillig der Spinne, zu überleben.

Karl und Malika irrten ziellos durch Kirchzarten. „Wo gehen wir jetzt hin?“, schnaufte Malika, nachdem sie endlich zu Karl aufgeschlossen hatte. „Keine Ahnung, vielleicht bekommen wir ja ein Zeichen.“
„Und woher soll das kommen? Wir haben doch nicht einmal das magische Buch.“
Verdammt, das Buch! Karl war so aufgeregt gewesen, dass er es völlig vergessen hatte. „Ich weiß es auch nicht“, erwiderte er so ruhig wie möglich. Ihm war mulmig zumute. Sein Kaugummi war alle, deshalb biss er sich auf die Lippen, bis sie bluteten. Als er kurz nicht auf den Weg achtete, rutschte er aus und fiel auf den Hosenboden. „So ein Mist!“ Karl stand sofort wieder auf und versuchte, den Dreck von seiner Hose zu wischen. Malika eilte hinzu und half ihm dabei.
„Hey, ich glaube, das funktioniert so nicht, wir müssen uns etwas anderes überlegen. Ich habe so ein komisches Gefühl,

du nicht auch?“ fragte sie beunruhigt, während sie noch ein paar Blätter von seiner Jacke zupfte.
„Was ich höre, ist vor allem eine sehr wütende und klare Stimme, die mir sagt, dass ich Hope finden muss – oder die Typen, die sie gefangen halten.“ Trotzig ging Karl weiter. „Vielleicht ist genau das das Problem.“ „Wovon redest du?“ Karl drehte sich zu ihr um. „Ich meine, dass du vielleicht gerade nicht auf die richtige Stimme hörst, weil du so aufgebracht bist.“ „Was für ein Unsinn!“ Wütend trat er gegen einen kleinen Stein, der jedoch in dem Loch seines Schuhs stecken blieb, worauf sich sein großer Zeh erneut beklagte. „Du kannst ja zu den anderen zurückgehen, die nur blöd rumsitzen und diskutieren!“, rief er ärgerlich.
„Was ist nur mit dir los, Karl, du bist doch sonst nicht so?“, Malika ließ sich nicht so schnell einschüchtern. Da brach es endlich aus Karl heraus: „Ich hab die Stimme als erster entdeckt, sie hat mich zum magischen Buch geführt, schon vergessen?“ Streitlustig schaute er seine Schwester an und verschränkte seine Arme vor der Brust.
„Aber niemand möchte dir deine innere Stimme nehmen. Sie ist sogar sehr wichtig, weil sie dir dabei helfen kann, dich richtig zu entscheiden“, sagte Malika nun sanft, da sie plötzlich verstand, worum es Karl ging. „Selbst wenn andere Menschen eine andere Stimme hören, ändert das erst einmal nichts an deiner. Es geht vielmehr darum, die passende herauszufiltern. Wenn wir unterschiedliche Stimmen in uns hören, könnte das sogar eine Gelegenheit sein, unsere eigene zu hinterfragen, um

herauszufinden, ob sie wirklich die richtige ist. Das ist nicht immer einfach, das kann ich dir sagen“, fügte sie hinzu. „Oft höre ich so viele Stimmen, dass ich nicht mehr weiß, welche wirklich aus meinem Inneren spricht.“
Karl schaute sie überrascht an. Damit hatte er nicht gerechnet.
„Wirklich?“, fragte er erleichtert.
„Ganz bestimmt“, Malika lächelte, und Karl fiel ein großer Stein vom Herzen.
Malika wünschte sich nichts sehnlicher, als ihre geliebte Hündin wiederzufinden. Hätte das Buch, wenn sie es jetzt in den Händen hielte, ihr verraten können, wo Hope war? Egal, es war nicht hier. Sie musste sich auf sich selbst und ihr Bauchgefühl verlassen und darauf hoffen, dass sie trotz ihrer Angst um Hope die richtige Entscheidung treffen würde.

Die Buchhändlerin stand auf und zog nacheinander sämtliche Schubladen auf, die sie finden konnte.
„Was machen Sie denn da?“, fragte Isolde. „Ich suche nach einem Taschentuch, um mir die Nase zu schnäuzen“, Frau Papou schniefte laut. Sie schaute vorsichtig zu Isolde, um sich zu vergewissern, ob sie die ungeschickte Ausrede schluckte. Es schien zu funktionieren. Isolde wandte sich ihrem wackeligen Stuhl zu, der seit geraumer Zeit knarzte. Sie prüfte, ob er der Belastung

Stand halten konnte und unter ihrem Gewicht nicht irgendwann zusammenbrechen würde. Frau Papou fuhr unterdessen fort, weitere Schubladen aufzuziehen.
Der Professor beobachtete die Buchhändlerin gespannt. Obwohl er immer noch nicht verstand, was sie da tat, hielt er sie nicht mehr für verrückt.
Irgendwo in diesem verdammten Speicher musste doch mal jemand einen Stift vergessen haben! Genervt suchte die Buchhändlerin weiter. Doch hier hatte wohl jemand gut aufgeräumt, nachdem die Möbel ausrangiert worden waren. Frau Papou zog noch eine Schublade auf und fand ein zusammengeknülltes Blatt Papier. Da es aber in dem ganzen Durcheinander der verlorenen Gegenstände keinen Stift gab, begann die Buchhändlerin jetzt in ihrer Handtasche zu wühlen. Zum Glück hatten die Roboter ihr nur das Handy weggenommen. Endlich fand sie, wonach sie suchte.
Frau Papou räusperte sich. „Ich müsste mal zur Toilette“, sagte sie zur Aufpasserin und deutete in die hintere Ecke des Raumes, wo sich eine Tür befand.
„Bitteschön“, meinte Isolde.
Als Frau Papou die WC-Tür hinter sich geschlossen hatte, lehnte sie sich erschöpft gegen die Wand. Die Zeit im Dachstuhl war zermürbend, vor allem, weil sie keine Ahnung hatte, ob alles gut enden würde. Sie fragte sich, ob es einfacher wäre, wenn man wüsste, dass alles gut ausginge, aber das konnte man ja nie wissen. Sie sah in den Spiegel. „Mein Gott, wie sehe ich denn aus?“, sagte sie mehr zu sich selbst als zum Allmächtigen.

Das Makeup hatte sich aufgelöst und sie hatte dunkle Ringe unter den Augen. Sie konnte es Herrn Kopaki nicht verübeln, dass er dachte, sie sei verrückt geworden. Die Buchhändlerin drehte den Wasserhahn auf und spritzte sich Wasser ins Gesicht. Dann griff sie zu ihrem braunen Kajalstift, den sie eben in der Handtasche gefunden hatte und zögerte einen Moment. Zu gern würde sie ihre Augen schminken. Doch nein, jetzt war der Stift für etwas viel Wichtigeres nützlich! Schick machen konnte sie sich auch später, wenn sie wieder frei war.
Die Hoffnung klopfte an. Tränen stiegen auf, als sie spürte, dass die Hoffnung ihr in dieser schwierigen Situation am meisten half. Sie konnte nicht wissen, wie das alles weitergehen würde. Würden sie jemals wieder lebend aus diesem Speicher herauskommen? Niemand wusste das. Aber hoffen konnte sie, das wurde ihr plötzlich klar. Sie konnte hoffen, dass es weiterging – immer, irgendwie.
Die Buchhändlerin entfaltete das unbeschriebene Stück Papier und notierte mit dem Kajalstift:
BITTE SCHREIBEN SIE FOLGENDES AUF:
- PASSWORT ZUM ENTSPERREN IHRES COMPUTERS
- FORMEL ZUR NEUPROGRAMMIERUNG DER ROBOTER
- IHRE ADRESSE

BEAUFTRAGEN SIE DANN IHREN PAPAGEIEN DAMIT, DIESE INFORMATIONEN ZU FRAU BUCHFINK IN DIE BÜCHERSTUBE ZU BRINGEN. SIE KANN EINEN EXPERTEN KONTAKTIEREN UND IHN ZU IHNEN NACH HAUSE SCHICKEN.
Unter diese Anweisung schrieb sie:

HILFE!!!!!!! WIR WERDEN IM DACHSTUHL DER TALVOGTEI GEFANGEN GEHALTEN; RETTEN SIE UNS!!!!!!
KATRIN PAPOU UND PROFESSOR KOPAKI.

Sie legte das Blatt und den Stift auf die Ablage unter dem Spiegel und öffnete hoffnungsvoll die Tür.

Die fette Spinne lag satt und zufrieden in einer Ecke ihres Netzes und verdaute.

Karl hatte über das Gespräch mit seiner Schwester nachgedacht. „Ich überlege, meinen Protest aufzugeben und zu den anderen zurückzugehen“, verkündete er feierlich.

„Super!“, rief Malika, die ihre überstürzte Reaktion auch schon bereute. Sie war zwar anderer Meinung als Tinka, Phil und Jonas und glaubte, dass es besser war, die Erwachsenen nicht einzuweihen, aber einfach wegzulaufen, war keine gute Reaktion gewesen. Natürlich konnte sie Karl nicht im Stich lassen. Schließlich war er ihr kleiner Bruder. Aber sie hätte ihn eher überreden sollen, wieder zurückzukommen, als sich mit ihm aus dem Staub zu machen.

„Vielleicht sind die anderen an der Eisdiele, lass uns erst einmal dort nach ihnen suchen.“ Nachdem Karl sich ein neues Päckchen Kaugummi gekauft hatte, saßen die Geschwister kurze Zeit später unter dem japanischen Schnurbaum. Von Jonas,

Phil und Tinka fehlte leider jede Spur. Für Karl sah die Welt trotzdem wieder besser aus. Malika hingegen dachte daran, dass sie nicht nur Hope, sondern auch den Rest der Gruppe unbedingt finden musste.

Als Isolde kurz wegschaute, wies die Buchhändlerin mit dem Kopf zum Klo, um dem Professor zu verstehen zu geben, dass er auch dringend einmal austreten müsste. Hoffentlich saß er diesmal nicht wieder so lange auf der Leitung. Zu ihrem Erstaunen verstand Herr Kopaki sofort: „Ich werde mal die Toilette nutzen", sagte er steif.
„Na, dann gehen Sie doch." Isolde schien das nicht sonderlich zu interessieren.
Unter dem Spiegel fand der Professor sofort den Zettel mit den Anweisungen vor. Mit zitternden Händen las er, was Frau Papou aufgeschrieben hatte und fügte über dem Hilfegesuch den Eingangscode für seinen Computer und die Formel zum Umprogrammieren der Roboter hinzu. Leider vergaß er vor Aufregung, seine Adresse hinzuzuschreiben.
Er faltete das Papier sorgfältig zusammen und steckte es in seine Hemdtasche, um es gleich wieder herauszunehmen und in die Hosentasche zu tun. Anschließend schob er es abwechselnd in die Jackentasche, die Hemdtasche, die Hosentasche,

die Jackentasche … Wo sollte er den Zettel am besten verstauen? Schließlich entschied er sich für die Jacke und ging wieder nach draußen.
Frau Papou bemerkte sofort, dass Herr Kopaki sehr angespannt war. Seine Unruhe sprang direkt auf sie über. Es vergingen weitere Minuten, in denen es keine Möglichkeit gab, dem Papageien den Zettel zuzuspielen. Doch plötzlich ging Isolde zur Tür, weil sie etwas hörte. „Schnell“, hauchte die Buchhändlerin dem Professor zu. Dieser kramte eine gefühlte Ewigkeit in sämtlichen Taschen, weil er natürlich vergessen hatte, in welcher sich der verflixte Zettel befand.
„Jackentasche vielleicht?“, zischte Frau Papou.
„Ach ja, stimmt!“ Herr Kopaki zog endlich den Zettel heraus, ging ans geöffnete Fenster, pfiff leise und hielt dem Vogel, der in der Nähe in einem Baum gewartet hatte, den Zettel hin. „Zur Bücherstube“, flüsterte der Professor. Hilda ergriff mit dem Schnabel das wertvolle Dokument und flog gerade noch rechtzeitig davon, bevor Isolde gefolgt von Willi und Lasse wieder herangeeilt kam. „Was machen Sie denn da?“, rief sie und schubste den Professor zur Seite.
„Nichts“, log er empört. Aber er wurde so rot im Gesicht, dass ihm das niemand glaubte.
Isolde stellte sich auf die Zehenspitzen und versuchte aus der Dachluke zu schauen. Als es ihr schließlich gelang, den Kopf herauszustrecken, sah sie nur noch einen bunten Fleck am Horizont, der immer kleiner wurde, bis sie ihn schließlich aus den Augen verlor.

„Los, wir müssen zum Haus des Professors, ich glaube, sein Vogel führt irgendetwas im Schilde."
Die drei Roboter wandten sich zur Tür und bevor die Buchhändlerin und der Professor noch etwas sagen konnten, waren sie schon verschwunden.
Irgendwann sah der Professor zu dem Spinnennetz hinüber, das noch immer formvollendet unter der alten Hängelampe hing. Es wackelte, weil sich wieder ein Mieter angekündigt hatte, nicht wissend, dass die Unterkunft sehr teuer war, da er höchstwahrscheinlich mit dem Leben bezahlte.

FÜGUNG

Hilda flog mit dem Zettel im Schnabel so schnell sie konnte in Richtung Bücherstube davon, um ihren Auftrag zu erfüllen. Sie war darauf trainiert, die Wünsche des Professors auszuführen. Doch in den letzten Tagen hatte sich ihr Leben sehr verändert. Sie verbrachte viel Zeit auf Bäumen oder am Fluss. Das war aufregend, und es gab so viel Neues zu entdecken, seitdem der Alte nicht mehr da war.
Als Hilda jetzt an ihrem Lieblingsbaum vorbeiflog, entschied sie spontan, einen kleinen Abstecher zu machen und setzte sich auf einen der Äste. Eine Feder löste sich und schwebte sanft zu Boden. Der Vogel entdeckte eine grüne Raupe, die unbesorgt junge Blätter fraß. Sie war nicht größer als der kleine Finger des Professors. „Was für ein Leckerbissen“, dachte Hilda und legte den Vogelkopf schief, um die Begehrte besser zu betrachten. Deren wellenartige Bewegungen verdrehten dem Papageien nun völlig den Kopf. „Ich muss sie haben …!“ Doch wie sollte sie es anstellen? Im Schnabel war bereits der Zettel des Professors, da passte die Raupe unmöglich auch noch hinein. Die Gefräßige bewegte sich anmutig weiter durch das frische Blätterwerk. Doch als sie jetzt direkt vor Hildas Schnabel robbte, war das zu viel für das einfache Vogelherz. „Was soll's …“, dachte Hilda und spuckte das lästige Papier aus, um genussvoll die fette Raupe zu verspeisen. Der Zettel schwebte geräuschlos vom Baum hinab.

Malika beriet sich gerade mit Karl, wo sie die anderen als nächstes suchen sollten, als eine bunte Feder direkt in ihre Hände fiel. Merkwürdig! Malika drehte sie nachdenklich zwischen ihren Fingern hin und her. So eine hatte sie schon einmal gesehen. Wann war das bloß gewesen?
„Was hast du da?", riss Karl sie aus ihren Gedanken. Neugierig schaute er auf die Feder in ihrer Hand. „Ich glaube, eine Papageienfeder." Noch während sie sich darüber wunderten – schließlich war es zumindest in Kirchzarten nicht üblich, dass bunte Federn einfach so aus Bäumen fielen –, schwebte jetzt noch ein Zettel hinterher. Hätte Malika nicht geistesgegenwärtig danach gegriffen, wäre er vermutlich neben ihr in der großen Pfütze gelandet und für die ganze Welt nicht mehr zu entziffern gewesen.

Tinka und Jonas saßen immer noch auf ihren Schultaschen und wussten nicht, was sie tun sollten. Da fiel Tinka endlich das Buch wieder auf. Es leuchtete noch immer.
„Schau mal", sie stieß Jonas an, der gerade wieder an seine Mutter dachte. Sie hatte seit Tagen starke Schmerzen im rechten Oberbauch und die Ärzte wussten noch nicht, woran das lag. Jonas hob langsam den Kopf.
„Wow", stieß er aus. „Sollen wir?" Jonas streckte die Hand nach dem Buch aus und schaute Tinka an. Sie nickte heftig. Ihr Pferdeschwanz wippte wie der Pinsel ihrer Mutter, wenn sie morgens im Bad stand, um sich zu schminken.

„Was haben wir denn da?“, rief plötzlich eine schrille Stimme hinter ihnen. Erschrocken fuhren die beiden herum und sahen die alte Frau Polte, die neugierig über die Schulter des Mädchens spähte.
„Das ist nichts Besonderes“, stotterte Tinka. Vergeblich wollten sie die Frau stoppen, die beharrlich versuchte, sich an den Kindern vorbeizuzwängen.
Das Buch schien den Ernst der Lage nicht zu begreifen, denn statt sich ein bisschen zurückzuhalten, leuchtete es weiter. Als Frau Polte gerade ihre krummen Finger danach ausstrecken wollte, schob sich Jonas dazwischen. Die Frau funkelte ihn böse an. „Geh aus dem Weg, Junge! Hast du denn keinen Respekt vor dem Alter?“
„Doch, aber … ich will, äh … Sie schützen.“
„Ach, papperlapapp!“ Frau Polte schubste den Jungen energisch zur Seite. Gleich würde sie nach dem Buch greifen, dann wäre alles aus – alles! Jonas suchte verzweifelt nach den richtigen Worten. Es musste doch etwas geben, das sie davon abhalten konnte. Da fiel ihm ein, dass die alte Frau Polte gern die wildesten Verschwörungen und Gruselgeschichten verbreitete, und ihm kam eine Idee.
„Auf dem Buch liegt ein Fluch, wer es anfasst …“
Frau Polte zog erschrocken ihre Hand zurück und schaute ihn ungläubig an.
„Was?“, fragte sie.
„Wie, was?“ Jonas war verwirrt.
„Na, was dann passiert, will ich wissen.“

„Der Mensch, der es anfasst, wird ... äh, ähm ... ja, der wird vom Raben verfolgt!“ Das war nicht einmal gelogen.
Frau Polte starrte noch immer wie gebannt auf das Buch, und die Kinder hielten die Luft an. Da setzte die Alte wieder ihre altbekannte verschwörerische Miene auf und sagte: „Naaaa, da sind bestimmt die Okupisten drin“, sie deutete mit ihrem ausgestreckten Zeigefinger auf das leuchtende Buch.
„Ja genau, die Okupisten“, rief Jonas, auch wenn er gar nicht wusste, wer damit gemeint war.
Plötzlich packte die Alte die Kinder am Kragen. Jonas war erstaunt, wieviel Kraft sie noch in ihren Händen hatte. „Los, wir müssen hier verschwinden.“ Frau Polte zog die zeternden Kinder hinter sich her. Jonas überlegte kurz, ob sie sich losreißen, das Buch schnappen und wegrennen sollten. Aber dann würde ihr Geheimnis auffliegen! Und sie hätten die Alte weiter auf den Fersen. Außerdem gebot ihnen der Respekt vor dem Alter, höflich zu sein und Frau Polte nicht gänzlich zu widersprechen. Die Kinder schauten sich verzweifelt an, aber sie schwiegen und ließen sich erst einmal mitziehen. Was sie mit ihnen vorhabe, wollte Tinka nach einer Weile dann doch schüchtern wissen. „Ich bringe euch Sicherheit, dann kümmere ich mich um dieses Buch“, meinte die Alte in einem fürsorglichen Ton.
Frau Polte blieb plötzlich vor der Grundschule stehen. Die Kinder sahen sie erstaunt an. Würde die Alte sie tatsächlich hier allein zurücklassen? „Die Frau ist flinker als sie aussieht“, überlegte Jonas, aber er könnte auf jeden Fall vor ihr wieder am Osterbach sein. „Hier seid ihr erst einmal sicher“, meinte Frau

Polte und tätschelte die Köpfe der Kinder. Das war ihre Chance, Jonas würde einen Umweg nehmen, das Buch holen und sofort damit nach Hause rennen. Während Tinka noch überlegte, wie es jetzt weitergehen könnte, sagte Frau Polte: „Ich werde mich jetzt um das Buch kümmern. Ihr bleibt hübsch hier oder geht nach Hause, hört ihr? Mit den Okupisten ist nicht zu spaßen." Jonas und Tinka nickten stumm und warfen sich verstohlen Blicke zu. Die Alte wandte sich zum Gehen. Sobald sie um die nächste Ecke gebogen war, jubelten die Kinder. „Wir sind schneller dort als sie, komm wir holen uns das Buch, bevor es zu spät ist", rief Jonas. Sie wollten gerade zusammen losrennen, als Tinka auf ihre Armbanduhr sah. „Oh nein, schon so spät?", rief sie erschrocken. Ich hab gleich einen Zahnarzttermin! Schaffst du das auch allein?" „Kein Problem", meinte Jonas und rannte los. Er drehte sich noch einmal um und winkte ihr zu. „Mach dir keine Sorgen", rief er und verschwand ebenfalls. Plötzlich klingelte sein Telefon: Seine Mutter war dran. Sie brauchte seine Hilfe. Jonas vergaß sein Vorhaben sofort und schlug den Weg nach Hause ein.

Die drei Roboter waren fort. Die Buchhändlerin und der Professor sahen sich an: War es eine gute Idee gewesen, Hilda den Zettel mit den Informationen zu geben? Was, wenn das

Papier statt Frau Buchfink einem der Roboter in die Hände fiel? Katastrophal! Nicht auszudenken, was alles passieren könnte.
„Das wird schon klappen", meinte der Professor und versuchte, die Sorgen beiseitezuwischen.
Die Buchhändlerin machte es sich auf einer der staubigen Matratzen so bequem wie möglich. Gedankenverloren lag sie auf dem Rücken und starrte an die Speicherdecke.
„Hühnerfrikassee mit grünen Kapern", murmelte sie vor sich hin und stellte sich vor, an einem reich gedeckten Tisch zu sitzen. Das Essen war gut, das musste man Willi lassen, aber er kochte nicht gerade viel.
„Kapern", rief der Professor, der das Wort aufgeschnappt hatte, von der anderen Seite des Dachstuhls herüber. „Da bin ich dabei, aber wie?"
„Es ist eher die Frage, wann, nicht wie", rief Frau Papou zurück und setzte sich auf.
„Aber wir müssen doch erst einen Plan schmieden, wie wir vorgehen wollen?" Offensichtlich führte die Buchhändlerin wieder etwas im Schilde, das er nicht verstand, rätselte der Professor.
„Den Plan habe ich bereits", sagte Frau Papou. „Mund auf, die Dinger rein, Mund wieder zu – und genießen."
„Was?", fragte der Professor noch verwirrter. Er stand auf und kam auf sie zu.
„Mund auf", Frau Papou riss demonstrativ ihren Mund weit auf, „Kapern rein", sie zeigte mit den Fingern hinein, „genießen!" Dabei strich sie sich mit der flachen Hand genüsslich über den Bauch. Der Professor brach in schallendes Gelächter aus,

was Frau Papou wiederum nicht verstand. „Ich dachte", erklärte er lachend, während er sich die Tränen aus den Augen wischte, „wir überwältigen die drei Roboter, wenn sie wiederkommen, und kapern den Dachstuhl, so wie die Seeräuber das bei anderen Schiffen tun."

Frau Papou rollte mit den Augen, aber dann lachten beide über den Doppelsinn des Wortes. Das Lachen tat so gut, bei all den Entbehrungen und Ängsten. Sie saßen zusammen auf der Matratze, schmiedeten Pläne, lachten weiter, schlossen Freundschaft und quatschten sich durch den ganzen langen Tag.

Das riesige Netz der Hausspinne, das inzwischen aus fast 80 Metern feiner Spinnseide bestand, leuchtete im goldenen Licht der Abendsonne.

„Meinst du, das ist ein Wink des Schicksals, dass ausgerechnet uns der Zettel in die Hände geflogen ist?" Karl starrte noch immer fasziniert auf das Papier.
„Er ist mir in die Hände gefallen und nicht dir", berichtigte Malika. „Ach, ich dachte, du bist auf meiner Seite", Karl verschränkte seine Arme vor der Brust. „Ja, das bin ich", Malika stockte, „ich will auch keine Erwachsenen einweihen, die machen bloß Ärger. Aber ich wäre vielleicht nicht gleich weggerannt", fügte sie zögernd hinzu, während sie noch überlegte, ob das der Wahrheit entsprach. Weshalb sie dann mitgekommen sei, er habe sie nicht darum gebeten, hörte sie Karl prompt sagen. „Ich dachte …", Malika verstrubbelte seine roten Haare, ohne auf den letzten Satz einzugehen, „du könntest deine große Schwester gut gebrauchen."
Karls Herz hüpfte. Bis jetzt war er ein Außenseiter gewesen und hatte nur wenige Freunde. In der Schule hielten ihn die meisten für einen Nerd, weil er sich am liebsten mit Computern befasste. Als Karl über seine Schwester zu den Bücherhaien gekommen war, hatte er sich in einer Gruppe zum ersten Mal richtig wohlgefühlt. Aber irgendetwas lief immer schief. Jetzt hatte er auch die drei vergrault. Zum Glück war Malika noch an seiner Seite. Noch nie in seinem Leben hatte jemand so zu ihm gehalten. Das tat gut!

„Lass mal sehen, was da draufsteht“, sagte er und versuchte, seine Rührung zu überspielen.
Gemeinsam versuchten sie, die Botschaft auf dem Zettel zu entziffern. HILFE, WIR WERDEN IN DER .... GEFANGEN GEHALTEN. RETTEN SIE UNS. Danach standen sechs Ausrufezeichen. Unterschrieben war die Botschaft von Katrin Papou und Professor Kopaki. Die Buchhändlerin wurde also nicht allein gefangen gehalten, da war noch ein Herr Kopaki dabei. Der Ort war nicht mehr zu lesen, weil der Vogel genau da den Zettel mit seinem Schnabel festgehalten und ein wenig drauf gesabbert hatte.
„Schau mal, da gibt es einen Eingangscode. Mit dem hat man Zugang zu einem Computer!“, rief Malika plötzlich ganz aufgeregt. Erschrocken hielt sie sich die Hand vor den Mund und schaute sich um. Zum Glück war niemand in der Nähe, der hätte mithören können. Sie wollte den Zettel schnell wieder zusammenfalten. „Warte doch mal!“ Karl wurde ganz nervös und griff danach. „Da steht auch noch eine Formel drauf.“
Ungläubig starrte er auf das Papier. „Das ist ja irre!“, rief er. „Das könnte eine Anweisung zum Umprogrammieren von irgendwelchen Maschinen sein. Meinst du, damit könnten die Typen gemeint sein, denen wir immer wieder begegnet sind? Könnten das tatsächlich Roboter sein?“ Nervös suchte Karl in seinen Taschen nach dem neuen Kaugummipäckchen.
„Zeig mal her“, sagte Malika und zog ihm den Zettel aus der Hand. „Glaubst du wirklich, dass dieser Herr Kopaki für diese unheimlichen Typen verantwortlich ist?“ Malika verzog das Gesicht und sah ihn fragend an.

„Aber…“, meinte Karl, während er sich einen neuen Kaugummi in den Mund steckte, „wenn das so wäre, hätten sie ihn doch nicht eingesperrt.“
Malika zuckte mit den Schultern. „Mag sein.“ Sie wurde immer nervöser. Ihre Gedanken wirbelten wild durcheinander.
„Wer ist eigentlich Herr Kopaki, hast du ihn schon mal gesehen?“, fragte Karl alarmiert.
„Der Professor, der Professor“, krächzte der Vogel vom Baum.
„Wieso sprichst du so komisch“, Karl schaute zu Malika. „Das war ich nicht.“ Sie betrachtete die bunte Feder in ihrer Hand und erschrak, als ihr plötzlich wieder der angriffslustige Papagei einfiel, der vor einiger Zeit den Hut einer blonden Frau gestohlen hatte. War das womöglich dieselbe Frau, die Phil das magische Buch entwendet hatte? Malika war damals gewaltig erschrocken, während die Frau ungerührt geblieben war. Unwillkürlich duckte sie sich jetzt und blickte nach oben.
Ein buntes Vogelgesicht mit krummem Schnabel beäugte sie aus sicherer Entfernung.
„Kannst du sprechen?“ riefen sie gleichzeitig hinauf, weil jetzt auch Karl den Vogel entdeckte. Der bunte Papagei wackelte mit seinem Kopf hin und her. „Zwick mich mal“, forderte Malika ihren Bruder auf. Der kniff sie so heftig in den Oberarm, dass sie aufschrie. „Autsch, nicht so fest.“ „Entschuldigung“ sagte Karl erschrocken. „Schon gut“, Malika rieb sich die Stelle.
„Wir müssen herausfinden, wo der Professor wohnt“, sagte Malika, „das hat er nämlich nicht aufgeschrieben.“ Der Vogel plusterte sich jetzt auf wie ein Pfau. Es sah so aus, als wolle er

ihnen etwas zeigen. Da kam der Eisverkäufer auf sie zugelaufen und unterbrach die Unterhaltung.
„Habt ihr einen Vogel?“, rief er schon von weitem und deutete belustigt auf den Baum. „Den nehmt ihr aber schön wieder mit, hört ihr“, er stand jetzt schnaufend vor den beiden und hielt sich die Seite. „Die machen nur Ärger und Dreck.“
„Der gehört uns nicht“, Malika stand auf.
„Ich hab doch gehört, wie ihr euch gerade noch mit ihm unterhalten habt,“ entgegnete Charly. Malika wusste nicht, was sie darauf antworten sollte, schließlich hatte der Vogel ja wirklich etwas gesagt. Sie lächelte Charly kurz an und wollte gehen.
„Haaaalt, schön hiergeblieben.“ Der Eisverkäufer stellte sich ihnen in den Weg. Seine schulterlangen, leicht gewellten schwarzen Haare hatte er zu einem Dutt zusammengebunden.
„Habt ihr eine Ahnung, wem dieser Vogel gehört?“, erkundigte er sich, weil er gerade jeder Spur nachgehen wollte, um zu erfahren, wer ihm das Salz ins Eis gekippt hatte. „Das wissen wir nicht“, beteuerten die Kinder.
„Alles klar“, meinte Charly und gab zögernd den Weg frei.
„Siehst du, mit Erwachsenen kann man nicht vernünftig reden, sie glauben uns nicht.“ Weil seine Schwester auf einmal so traurig wirkte, versuchte Karl linkisch, seinen Arm um sie zu legen. Plötzlich flatterte der Papagei auf Malikas Schulter. Charly drehte sich noch einmal um und schüttelte verärgert den Kopf.
„Also doch!“, hörten sie ihn sagen, bevor er wieder hinter der Ladentheke verschwand.
„Komm, lass uns zurück an den Osterbach gehen“, forderte

Malika ihren Bruder jetzt auf. „Wenn sie nicht an der Eisdiele sind, werden sie bestimmt dort geblieben sein.“ Es war gefühlt noch keine Stunde her, seit sie sich von den anderen getrennt hatten. Als sie an ihrem letzten gemeinsamen Treffpunkt ankamen, war zu ihrer Überraschung niemand von den anderen Bücherhaien zu sehen.

„So lange waren wir doch nicht weg, oder?“ Karl sah seine Schwester erstaunt an. Malika war enttäuscht. Sie hatten nicht auf sie gewartet. Vielleicht war es doch besser, erst zu zweit zu überlegen, was sie mit dem Zettel machen sollten und wo sie Hope suchen konnten.

„Lass uns nach Hause gehen“, meinte Malika niedergeschlagen. Karl nickte zustimmend. Sie mussten nur noch diesen aufdringlichen Vogel loswerden. Anfangs versuchte Malika, ihm gut zuzureden. Als das nicht half, fing sie an zu schreien und zu schimpfen. Sie war sowieso schlecht gelaunt. Das stresste den Vogel zu sehr, und er suchte endlich das Weite.

Nach einer kurzen Nacht, der Professor und die Buchhändlerin hatten noch ewig miteinander geredet, schob Willi den Inhaftierten ein mittelmäßiges Frühstück durch die leicht geöffnete Tür. Es gab wieder einmal Brot mit einer ins lila gehenden Marmelade, ohne Butter oder Ei. Dazu eine Tasse aufgewärmten

Pulverkaffee. Wenn ihre zeitliche Orientierung noch stimmte, musste jetzt Mittwochmorgen sein. Sie hatten begonnen, mit einem Kreidestift, den sie irgendwo gefunden hatten, weiße Striche an die Wand zu malen, für jeden Tag einen. Heute kam der siebte Strich hinzu. Frau Papou sah missmutig auf das blaue Gewürz – das Flüsterkraut, das diesmal über die Marmelade gestreut war und ihr deshalb diese eigenartige Farbe verlieh. Sie versuchte, es wegzukratzen, was ihr nicht gelang und weil sie Hunger hatte, aß sie dann doch alles auf. Danach saßen Frau Papou und Herr Kopaki wieder gemeinsam auf der Matratze und quatschten weiter. „Sagen Sie mal, Herr Professor, sollen wir uns nicht endlich duzen?“ Die Buchhändlerin hob fragend ihr Wasserglas hoch.

„Sehr gern, gnädige Frau“, entgegnete Herr Kopaki und lächelte. „Ich bin Albert.“

„Katrin“, sagte Frau Papou. „Du kannst auch Katinka zu mir sagen.“ Sie stießen an, ohne sich daran zu stören, dass sie ihre neu gewonnene Freundschaft lediglich mit einem Glas Wasser begießen konnten.

„Was machen wir denn jetzt, Albert?“, fragte Frau Papou, nachdem ihre Hilfeschreie aus der Dachluke abermals lautlos geblieben waren.

„Ich würde mal sagen, wir warten einfach ab, oder hast du eine bessere Idee?“ Da begann die Buchhändlerin plötzlich erneut in ihrer Handtasche zu kramen. Sie förderte Lippenstift, Tempotaschentücher und einen Schlüssel zutage. Dann fischte sie noch Zahnstocher, eine Fahrradlampe und Kaugummis heraus.

„Willst du?“, sie streckte Herrn Kopaki die Packung entgegen. Der schüttelte den Kopf. „Nein, danke.“
Frau Papou dachte an ihre geliebte Buchhandlung. Würde sie jemals wieder den vertrauten Anblick ihrer Bücher genießen? Sie hegte keinerlei Zweifel daran, dass ihre Mitarbeiterinnen den Laden gewissenhaft weiterführten, aber sie machten sich bestimmt große Sorgen um sie! Die Buchhändlerin tauchte erneut in die Tiefen ihrer Tasche, auf der Suche nach einem Ausweg. Es war beinahe unglaublich, dass sie trotz der örtlichen Polizeistation noch niemand gefunden hatte. Da ihre Stimme noch immer nicht wiederhergestellt war und sie weiterhin nur flüstern konnte, blieb ihr nur die Hoffnung, dass Hilda bald Rettung holen würde oder ihr neu ausgedachter Plan funktionierte.
Endlich fand sie den kleinen Handspiegel, der sich in den Tiefen ihrer Tasche versteckt hatte. „Da bist du ja!“ Frau Papou strahlte über das ganze Gesicht und blickte in den Spiegel. Der Spiegel strahlte zurück. Herr Kopaki schaute erstaunt auf die Ansammlung der unterschiedlichsten Gegenstände, die sich jetzt auf der Matratze türmten und fragte sich, was sie nun wieder im Schilde führte. Diese Frau steckte voller Ideen. Das gefiel ihm.
Frau Papou schwenkte den Spiegel.
„Kennst du das Morsealphabet?“, wollte sie wissen und hielt dem Professor den Spiegel unter die Nase.
„Selbstverständlich“, entgegnete dieser.
„Dann sag mir bitte, wie man das Wort HILFE morst.“ Frau Papou grinste.

Der Professor war jetzt in seinem Element. „Nur wenige Menschen können sich die kurzen und langen Signale, also Punkte und Striche im Morsealphabet merken“, erklärte er. „Daher wurden Eselsbrücken geschaffen. Jedem Buchstaben wurde ein Wort zugeordnet, das aus kurzen und langen Silben bestand. Eine Silbe mit einem O enthält immer einen langen Strich. Deshalb steht für das L ‚Li-mo-na-de‘ die Silbenabfolge: kurz, lang, kurz, kurz. Im Morsecode wäre das ._..“
Die Buchhändlerin war begeistert. „Für das Wort H-i-l-f-e“, fuhr der Professor fort, „wurden folgende Wörter zugeordnet: für H ‚Hüh-ner-au-ge‘, für I ‚I-da‘, für L ‚Li-mo-na-de‘, für F ‚Fens-ter-bo-gen‘ und für E ‚Ei‘.“
Frau Papou überlegte kurz. „HILFE wird also im Morsecode so geschrieben: H: (kurz, kurz, kurz, kurz)...., I: (kurz, kurz).., L: (kurz, lang, kurz, kurz)._.., F: (kurz, kurz, lang, kurz).._., und E: (kurz).“
„Respekt!“ Herr Kopaki war beeindruckt, und Frau Papou lächelte stolz. „Jetzt müssen wir nur noch auf die Sonne warten,“ verkündete sie und begann, die übrigen Dinge wieder in ihre Tasche zu räumen.
Der Professor schaute zu der Spinne hinüber. Ihm fiel auf, dass sie einen Großteil ihres Lebens mit Warten verbrachte. „Ich könnte mir etwas von ihr abschauen“, dachte er und erinnerte sich an so viele Momente in seinem Leben, in denen er ungeduldig gewesen war.

Jonas und Tinka standen wie versteinert da, als sie am Mittwoch gleich nach der Schule schnell zum Osterbach gerannt waren. Sie starrten auf den leeren Stein. Vorwürfe nisteten sich in ihren Köpfen ein und flüsterten ihnen unangenehme Worte ins Ohr: „Selbst schuld!“, schienen sie zu sagen, „Warum streitet ihr und überseht dabei das magische Buch?“ Das tat weh.
Tinka dachte sofort an Phil: Der würde bestimmt wissen, was zu tun war! Jonas hingegen überlegte, wo Malika und Karl wohl steckten. Er schaute flehend auf sein Handy. Warum meldeten sie sich nicht? Er wünschte sich so sehr, dass sie alle wieder zusammen wären.
Auch Jonas glaubte, dass ihnen in solchen Situationen nur Phil weiterhelfen konnte, aber sein schlechtes Gewissen hielt ihn zurück, als Tinka vorschlug, zu ihm zu gehen. Erst als sie noch einmal drei Stunden lang jeden Winkel nach dem Buch durchforstet hatten, ließ Jonas sich auf Tinkas Vorschlag ein.
Kurze Zeit später standen sie vor dem Fenster zu Phils Zimmer und warfen kleine Kieselsteine dagegen. Erst passierte nichts. Jonas war sich immer noch unsicher, ob es wirklich eine gute Idee gewesen war, hierherzukommen.
„Lass uns gehen“, sagte er und griff nach seiner Schultasche, als plötzlich ein Klappern zu hören war. Phil streckte den Kopf aus dem Fenster. „Was gibt’s, habt ihr Hope gefunden?“

„Leider nicht. Aber kannst du bitte kurz runterkommen?“, rief Tinka nach oben. „Das Buch wurde geklaut“, fügte sie hinzu und schaute sich nervös um, um sicherzugehen, dass niemand lauschte. Sofort war Phil wieder verschwunden.
„Jetzt ist er wahrscheinlich verärgert“, murmelte Jonas und steckte die Hände in die Taschen, während er kleine Steine in die Ritzen eines Kanaldeckels kickte.
„Hey, hör auf damit“, ermahnte ihn Tinka. „Du verstopfst alles.“
Verlegen setzte Jonas sich auf einen der bunten Stühle unter dem Baum und wartete. Nach einigen quälenden Minuten tauchte Phil wieder am Fenster auf. „Meint ihr das hier?“, fragte er, während er grinsend das Buch hochhielt.
Jonas und Tinka umarmten einander überglücklich. Ihre Vorwürfe und das schlechte Gewissen verschwanden hinter der nächsten Häuserecke, um sich einen anderen Pechvogel zu suchen, dessen Schultern sie beschweren konnten.
„Wartet, ich komme runter.“ Das Fenster wurde geschlossen und sie hörten den Aufzug, in dem Phil mit seinem Rollstuhl ins Erdgeschoss fuhr. Dann öffnete sich die Haustür. Jonas und Tinka setzten sich auf die bunten Stühle unter dem Baum vor Phils Haus, und er erzählte ihnen, wie er an das Buch gekommen war: Phil hatte es zu Hause nicht mehr ausgehalten. Sein Bauchgefühl hatte ihm gesagt, dass das Buch in Gefahr war. Dieses Mal hatte er beschlossen, darauf zu hören und war zurück zum Osterbach gefahren. Dort hatte das Buch noch immer leuchtend auf dem Stein gelegen. Da Phil befürchtet hatte, es könnte in fremde Hände gelangen, hatte er es wieder an sich genommen.

Jonas und Tinka schauten sich betreten an. „Zum Glück hast du auf dein Gefühl gehört. Wer weiß, ob Frau Polte nochmal zurückgekommen ist, um das Buch zu suchen“, sagte Tinka. Dann fragte sie schüchtern: „Wie finde ich die innere Stimme, die mich leitet und es gut mit mir meint?“

„Das ist nicht einfach, es erfordert Übung“, antwortete Phil. „Wir haben so viele Stimmen in uns – die egoistische, die rechthaberische, die träge, die mitfühlende, die heilende, die liebevolle ... und vielleicht noch ein paar mehr.“

„Puh, das hört sich schwierig an“, sagte Tinka.

„Ich glaube, dass wir die innere Stimme erst so richtig hören können, wenn es außen still wird“, fuhr Phil fort.

„Das bedeutet, wir müssen versuchen, aus all den Stimmen der Dorfgemeinschaft, wie Karl es ausdrückte, die wesentlichste Stimme herauszufiltern. Das kann am besten gelingen, wenn wir nach innen lauschen.“ Phil legte seine Hand auf die Brust. „Schließt mal eure Augen und konzentriert euch nur auf euren Atem, wie er ein- und wieder ausströmt.“

Da sie Phil vertrauten, wollten sie es versuchen. Dann saßen alle drei ganz still da und lauschten ihrem Atem.

„Das fühlt sich irgendwie gut an“, sagte Jonas nach einer Weile, und Phil lächelte. „Habt ihr etwas gespürt?“, fragte er die beiden.

„Es ist schwierig“, meinte Tinka zögernd, „aber ich fühle mich zu den anderen hingezogen, vielleicht brauchen sie unsere Hilfe?“

Jonas nickte zustimmend. „Das fühle ich auch.“

„Ich glaube, es ist besser, sie zu treffen, als anzurufen, was meint ihr? Sollen wir Purxel bitten, uns bei der Suche zu helfen?“

Die beiden nickten und Phil holte das Buch aus seiner Rollstuhltasche. Als er es aufschlug, flog ein empörter Purxel aus den Seiten und setzte sich auf seine Schulter.

„Dasch wurde aber auch Scheid", schnatterte der Vogel. Dann flog er ein Stück voraus, drehte sich um und schaute, ob sie ihm folgten. Erst als er einen lauten Rabenschrei ausstieß, setzten sich die verblüfften Kinder in Bewegung.

Doch jetzt hörten sie aus der entgegengesetzten Richtung jemanden rufen: „Phil, es gibt gleich Abendessen, bitte komm gleich rein!"

Phil war unschlüssig, ob er seiner Mutter oder dem Raben folgen sollte. Aber es war unsinnig, sich den Regeln der Eltern zu widersetzen, wenn sie das magische Buch und Purxel weiterhin geheim halten wollten. Sie mussten die Suche vertagen. Phil wartete mit dem offenen Buch in der Hand, bis Purxel nach gutem Zureden endlich wieder hineinflog. Niedergeschlagen gingen sie nach Hause.

DIE SUCHE

Am nächsten Tag waren Malika und Karl schon früh wieder unterwegs. Der Papagei hatte sich auf dem Weg zur Schule und zurück zum Glück nicht blicken lassen. Malika atmete erleichtert auf. „Komm“, sagte sie jetzt und steuerte eine Baumgruppe am oberen Osterbach an. In deren Mitte tat sich ein kleiner Kreis auf, der ihnen Unterschlupf bot. Dort konnten sie sich in Ruhe aufhalten und ihre nächsten Schritte planen, ohne entdeckt zu werden. Plötzlich flatterte der Vogel wieder auf Malikas Schulter und schrie ihr: „der Professor, der Professor“, ins Ohr.

Dann flog er ein Stück weit in eine bestimmte Richtung. Als er bemerkte, dass die Kinder ihm nicht folgten, kam er wieder zurück. Karl mutmaßte, dass der Papagei sie zu Herrn Kopaki führen wollte, aber Malika winkte sofort ab. Es war viel zu gefährlich. Sie bekam jetzt noch weiche Knie, wenn sie an ihre Entführung dachte und daran, was Hope zugestoßen sein könnte. Ihre Augen füllten sich wieder mit Tränen. Sie wünschte, Jonas, Phil und Tinka wären jetzt hier, damit sie wieder gemeinsam weitersuchen könnten. Malika holte ihr Handy aus der Hosentasche und begann, eine Nachricht in den Gruppenchat zu tippen. Doch bevor sie diese abschickte, löschte sie den Text wieder. Vielleicht waren die anderen noch immer verärgert, weil Karl und sie einfach gegangen waren. Hätten sie sich sonst nicht längst gemeldet?

Malika ließ sich auf den Boden plumpsen, setzte sich in den Schneidersitz und schloss die Augen. Ungefähr im selben Moment, nur an unterschiedlichen Orten, saß die Clique nun also fast vollzählig da, um nach innen zu lauschen.
Nur Karl stand unschlüssig neben Malika und wusste nicht so recht, was er jetzt tun sollte. Das war doch affig, mit geschlossenen Augen auf dem Boden zu sitzen, um in sich hineinzuspüren. Er wusste doch ganz genau, was er wollte: Er wollte den passenden Computer finden, weil er damit die Buchhändlerin und den Professor retten konnte – und Hope natürlich, ganz besonders Hope.
Dann würden ihn endlich mal alle ernst nehmen, vielleicht wäre er dann sowas wie ein Held? Aber dazu brauchte er nicht so blöde herumzuhocken. Seine innere Stimme konnte er auch so ganz klar hören. „Also meine Stimme sagt mir, dass wir dem Vogel folgen sollen."
Malika blinzelte. „Komisch."
„Was ist daran komisch?", fragte Karl gereizt.
„Dass meine Stimme etwas anderes sagt", entgegnete Malika ruhig. Sie sah ihn an.
„Und was heißt das jetzt?", fragte Karl genervt. Malika stand langsam auf und streifte die Erde von ihrer Hose ab. „Entweder einer von uns liegt falsch oder jeder muss seiner eigenen Stimme folgen … oder es gibt noch einen besseren Weg."
Karl schaute sie erschrocken an. Bei dem Gedanken, allein ins Haus des Professors zu gehen, wurde ihm mulmig zumute. „Das ist doch alles Quatsch, es gibt gar keinen anderen Weg",

entgegnete er deshalb aufgebracht und schmiss vehement einen Tannenzapfen, der gerade vom Baum gefallen war, in den erschrockenen Osterbach.

Der Vogel startete einen erneuten Versuch, flog auf den nächsten Ast und wartete wieder.

„Dann geh ich eben allein", schrie Karl seine Schwester an und lief auf den Vogel zu.

Malika bekam es mit der Angst zu tun. Sie wollte nicht auch noch ihren kleinen Bruder verlieren. Karls Adoption hatte leider nichts an der Entzweiung ihrer Eltern geändert, und sie spürte einen Schmerz in ihrem Herzen, als sie daran dachte. Gerade deshalb war sie so dankbar, dass sie einen kleinen nervigen Bruder hatte. Sie schnappte ihre Sachen und lief ihm hinterher.

„Halt doch mal an, Karl", rief sie völlig außer Puste. Karl war noch immer wütend, aber auch froh, als er seine Schwester rufen hörte. Er drehte sich um. „Was ist?", fragte er und versuchte ein entrüstetes Gesicht zu machen.

„Lass uns morgen dort hingehen, versprochen, ja? Heute kann ich nicht, ich habe das erste Mal Gitarrenunterricht. Der ist bereits bezahlt und wenn ich da nicht hingehe, ist Mum sauer und ich werde zum Geburtstag keine Gitarre bekommen."

Karl zögerte. „Okay", sagte er dann und ging mit seiner Schwester erleichtert nach Hause.

Nachdem Frau Papou den achten Strich an die Wand gemalt hatte, versuchte sie seit den frühen Morgenstunden, die Sonnenstrahlen einzufangen. Sie fuchtelte mit dem Spiegel in der Luft herum. Mit einer Hand verdeckte sie den Spiegel, dann gab sie ihn wieder frei, und zwar in genau dem Rhythmus des Morsealphabetes, das sie längst auswendig gelernt hatte.
„Alberti!" Frau Papou hing mit ihrem Oberkörper halb aus dem Fensterrahmen. An ihrer Stimme konnte man bereits eine Vertrautheit erkennen, der das „i" am Ende des Wortes „Albert" auch noch ihr Tüpfelchen gab.
„Katinka, um Himmels Willen!", rief der Professor entsetzt, als er ihre waghalsige Aktion bemerkte. „Gib acht, dass du nicht hinunterfällst." Besorgt eilte er herbei und umklammerte etwas unbeholfen ihre Beine. Sie fiel nicht, aber dafür der Spiegel. Mit ihm landeten auch Hoffnung und Zuversicht klirrend auf dem steinigen Boden.
„So ein Mist, zieh mich bitte wieder rein", jammerte Frau Papou durchs Fenster. Völlig aufgelöst stand sie vor dem Professor. „Er ist mir einfach aus der Hand geglitten!" Die aufsteigenden Tränen füllten trotz heftigsten Widerstandes ihre Augen.
Herr Kopaki, dem es eigentlich immer besser gefiel, mit dieser faszinierenden Frau eingesperrt zu sein, nahm sie in den Arm, um sie zu trösten. „Dir fällt bestimmt etwas Neues ein", sagte

er, nur um sie zu beruhigen, auch wenn er eigentlich keine Ahnung hatte, was das hätte sein können. Sie zuckte hoffnungslos mit den Schultern.
Da der Professor gerade wieder in der Nähe der Hängelampe stand, fiel Herrn Kopaki die Spinne ins Auge, die vom Schein der Lampe beschienen wurde. Er dachte an die Maratus volans, eine Pfauenspinne aus der Familie der Springspinnen, deren Männchen farbenprächtig schimmern konnten. Es waren die schönsten Spinnen auf der ganzen Welt. Er hatte sie vor vielen Jahren in Australien gesehen. Ja, das Leben konnte bunt sein, aber leider nicht in diesem düsteren Speicher, in dem sich außer ihnen nur vergessene Gegenstände und eine fade braune Spinne befanden.
„Ich geh mich frischmachen", murmelte die Buchhändlerin in seine Gedanken hinein. Kurz darauf hörte der Professor einen Schrei aus der Toilette. Der Professor eilte hin, so schnell er konnte, und sah die Buchhändlerin freudestrahlend in den Spiegel schauen. Natürlich – der Spiegel! Beide warfen sich einen erleichterten Blick zu.
Schnell korrigierte er seine vorherigen düsteren Gedanken. Überall auf der Welt mochte es bunte Flecken geben. Vielleicht sah man sie bloß nicht immer. Das hing vermutlich davon ab, wohin man schaute.

Tinkas Schulstunden bummelten im Schneckentempo vor sich hin. Eine bleierne Müdigkeit hatte sich auf ihre Lider gelegt, weil sie gestern Abend nicht hatte einschlafen können. Zu viele Gedanken waren ihr im Kopf herumgefegt und hatten sie in alle Ecken der Gemeinde gescheucht. Als Tinka dann doch endlich einschlafen konnte, war es bereits viertel vor vier. Schon kurz darauf klingelte der gnadenlose Wecker und ließ nicht locker, obwohl sie ständig auf die Stopptaste drückte. „Tinka, du musst aufstehen!“, hatte ihre Mutter auch noch von unten gerufen. Allein die Aussicht, gleich nach der Schule zu Phil zu gehen, um ihn abzuholen, hatte sie die Zeit in der Schule überstehen lassen.

Tinka und Jonas rannten gleich nach der Schule zu Phil. Jonas war gerade dabei, seinen Zeigefinger auf den Klingelknopf zu drücken, da öffnete sich die Tür schon von selbst.
„Hoppla“, sagte Jonas überrascht. Jemand stand im Türrahmen, aber es war nicht Phil.
Jonas hatte vor Überraschung noch immer seinen Finger ausgestreckt. „Ist Phil da?“, stammelte er, dann steckte er seine Hände verlegen in die Hosentaschen, weil er nicht wusste, wo er sie sonst hintun sollte.

„Entschuldige, wenn ich dich erschreckt habe“, entgegnete Frau Kowalewski, Phils Mutter, amüsiert. Sie lächelte. „Ich habe euch kommen sehen.“ „Wir sind mit Ihrem Sohn verabredet“, sagte Tinka und versuchte über Frau Kowalewskis Schulter ins Haus zu spähen. „Phil, du hast Besuch“, rief sie in den oberen Stock. Die Kinder hörten den Aufzug, und kurze Zeit später erschien ihr Freund an der Tür. „Ich lass euch kurz allein, aber denk dran, wir müssen gleich los“, sagte Phils Mutter noch, bevor sie in der Küche verschwand.

„Was heißt das: Ihr müsst gleich los?“, fragte Tinka irritiert. „Ich dachte, wir wollen unsere Freunde suchen?“ Phil verzog den Mund. „Ich hatte ganz vergessen, dass heute meine Patentante Geburtstag hat. Da muss ich mit, sorry.“ Die Kinder wussten, wie streng Frau Kowalewski sein konnte und dass Diskutieren bei ihr nichts half, weil sie immer die besseren Argumente hatte.

„Treffen wir uns morgen nach der Schule?“, fragte Phil.

„Ja okay, dann bis morgen.“ Jonas stupste ihn kurz an. Dann liefen er und Tinka mit hängenden Köpfen davon. Phil sah ihnen traurig nach. „Was machen wir denn jetzt so lange?“ Jonas sah unglücklich aus. Er musste vergangene Nacht ähnliches wie Tinka durchgemacht haben. Jedenfalls lagen tiefe Schatten um seine Augen.

„Bist du okay?“, fragte Tinka besorgt, als sie ihn ansah. „Ja.“ Jonas schaute auf den Boden und murmelte dann: „Also... eigentlich: nein.“ Und dann erzählte er Tinka, dass seine Mutter in der Nacht wieder eine schlimme Kolik gehabt hatte und diesmal sofort ins Krankenhaus musste, um operiert zu werden.

Er würde sie erst morgen besuchen dürfen. „Was hat sie denn?“, fragte Tinka ängstlich, weil sie nicht wusste, ob so eine Frage in dieser Situation angebracht war. Vielleicht wollte Jonas nicht darüber reden? Aber er verscheuchte sogleich ihre Bedenken. „Die Ärzte meinten jetzt, sie hätte irgendwas mit der Galle, da seien Steine drin und die müssten unbedingt raus, weil sie ihr wehtun“, sagte er. „Wie kommen denn da Steine rein, also in die Galle?“, wollte Tinka wissen. „Die bilden sich da.“

Das verstand Tinka nicht, aber sie wollte auch nicht weiter blöde Fragen stellen. „Komm, wir bestellen uns jetzt eine ordentliche Portion Schoko-Vanilleeis in der Waffel.“

Sie nahm seine Hand und zog ihn in Richtung Eisdiele. Jonas stolperte hinter ihr her. Dort saßen sie lange und quatschten, bis Charly sie unterbrach: „Seid ihr nicht die Freunde von dem Rothaarigen und dem Lockenkopfmädchen mit dem bunten Papageien auf der Schulter?“

„Waren sie hier?“ Jonas war überrascht.

„Ja, gestern.“ Der Eisverkäufer verhielt sich irgendwie eigenartig, und sie wagten nicht, weiter nachzufragen.

„Seit wann haben sie einen Papageien dabei?“, flüsterte Tinka. Jonas zuckte mit den Schultern. „Lass uns aufbrechen“, meinte er dann, „ich muss auch noch Hausaufgaben machen.“

Karl war am Freitag gleich nach der Schule zum Osterbach gegangen. Hier wartete er ungeduldig auf Malika, die eine Stunde länger Unterricht hatte. Er erkannte sie schon von weitem und

musste sich das Lachen verkneifen. Um nicht laut loszuprusten, begann er wieder Tannenzapfen in den Bach zu werfen.
„Glotz nicht so“, schnauzte Malika ihn an, als sie näherkam. Sie hatte seinen Blick sofort bemerkt. „Es ist unmöglich, sich mit diesem blöden Vogel die Haare zu kämmen.“
Sie standen wild in alle Richtungen ab, während der lästige Papagei abwechselnd auf ihrem Kopf oder auf ihrer rechten Schulter thronte. Liebevoll zupfte er an ihren Locken, um sie zu ordnen. „Lass das“, fauchte Malika ihn an, denn unter Zuwendung verstand sie etwas anderes, als an den Haaren gezogen zu werden. Der Papagei spuckte beleidigt die Locke aus.
„Du stehst in einem Ameisenhügel“, bemerkte Malika beiläufig. Karl sprang schnell zur Seite, aber da krabbelten die kleinen Tierchen schon über seine Schuhe und verschwanden unter seinen viel zu kurzen Hosenbeinen.
Er kreischte und stampfte wie Rumpelstilzchen abwechselnd mit den Füßen auf die weiche Erde. Als das nichts half, zog er Schuhe und Strümpfe aus, krempelte seine Hose hoch und hüpfte in den Osterbach. Der war an dieser Stelle nicht besonders tief, das Wasser reichte Karl nur bis zu den Knien. Jetzt mussten sie beide lachen, wie sie so dastanden, der eine mit Ameisen unter der Wäsche, die andere mit einem Vogel auf dem Kopf.
„War der da auch mit in der Schule?“, fragte Karl mit einem leichten Nicken zu dem bunten Vogel hin. Diese lässige Kopfbewegung hatte er irgendwo aufgeschnappt, und seither übte er diese Geste bei jeder Gelegenheit. “Nein, zum Glück nicht,

er kam erst wieder angeflattert, als ich zum Osterbach lief."
Malika verdrehte ihre Augen.
„Okay, komm jetzt, wir müssen los", sagte sie dann zu Karl. Sie wollte endlich ihre Hope wiederfinden. Heute war Freitag, und die Hündin war schon seit vier Tagen verschwunden. Und da dieser grässliche Vogel sie anscheinend zum Haus des Professors führen wollte, musste sie das versuchen. Der beste Weg war das nicht, das spürte sie genau, aber sie hatte gerade keine andere Idee.
Karl ließ sich das nicht zweimal sagen. Er krabbelte aus dem Bach und zog schnell seine Schuhe und Strümpfe wieder an. Seine Beine brannten wie Hölle.
„Bereit?" Karl nickte. Malika stellte sich mit dem Papageien in die Mitte der Lichtung, die von den Bäumen geschützt war. „Na, mach schon, zeig uns den Weg", rief sie dem Vogel zu. Sofort erhob sich der Papagei von ihrem Kopf und flatterte davon.
„Hey, nicht so schnell", schnaufte Karl und versuchte angestrengt, Schritt zu halten.
Schließlich blieb der Papagei vor einem Haus auf einen Pfosten sitzen und starrte zum Eingang. Die Tür war nur angelehnt, und ein schwaches Licht flüchtete bis auf den Gehsteig.
„Merkwürdig, wer lässt denn seine Eingangstür offenstehen?", fragte Karl ängstlich.
„Das ist doch praktisch", flüsterte Malika, „sonst kämen wir ja gar nicht hinein."
„Aber…", wollte Karl protestieren, doch Malika legte schnell den Zeigefinger auf ihren Mund und schlich leise durch die Tür.

Karl hatte ein ganz schlechtes Gefühl im Bauch. Seine Euphorie war verflogen. Aber er wollte auch auf keinen Fall allein draußen bleiben. Deshalb schlüpfte er hinterher. Seine Beine waren bleischwer. Malika bewegte sich flink durch den Flur ins Wohnzimmer. Als sie ein Geräusch hörte, war sie blitzschnell hinter dem Vorhang verschwunden, während Karl sich vor Schreck nicht mehr bewegen konnte und wie angewurzelt mitten im Raum stehen blieb. Sie konnte ihn gerade noch rechtzeitig zu sich ziehen, aber sein Herz klopfte wie der Bassverstärker im Proberaum seines Vaters und er hatte Angst, es könnte ihn verraten. Aber so ein Herz lässt sich nicht wie Musik an einem Regler einfach leiser drehen. Es war geübt darin, eigenverantwortlich zu handeln.

„Atme", wisperte Malika. Und Karl atmete.

Dann lauschten sie in die Stille. Nein, da war nichts. Hatten sie sich das Geräusch nur eingebildet? Vorsichtig schlichen die Kinder aus ihrem Versteck. Das Zimmer erzählte von vergangenen Zeiten. Der Ohrensessel am Fenster lud sie ein, sich niederzulassen. Er war in weiches, hellbraunes Leder gekleidet und strahlte Würde aus. In den Schüsseln auf dem Tisch lagen Reste von Schokolade und Obst. Eine Litfaßsäule, in die viele Regale eingelassen waren, bot Platz für unzählige Geschichten und wissenschaftliche Werke. Sie erzählten von Gefahren, Rache, Lust und Freude. Doch das Zimmer erzählte auch noch eine andere Geschichte: davon, dass kürzlich alle Bücher aus den Regalen gerissen worden waren und ein verwaister Ohrensessel nutzlos vor dem noch immer eingeschalteten Fernseher stand.

Karl entdeckte einen Computer und rannte hin. „Schnell, beeil dich", rief Malika, die Schmiere stand und ängstlich zur Tür schielte. Mit zittrigen Fingern versuchte er den Zugangscode einzugeben, der auf dem Zettel stand.

„Das ist nicht der richtige", rief Karl enttäuscht.

Und dann … ja: Da war wieder ein Geräusch an der Tür! Die beiden wollten abermals rasch hinter den Vorhang schlüpfen – doch zu spät! Die drei Gestalten standen plötzlich im Zimmer. Die Geschwister erstarrten vor Angst. Die beiden Männer hatten Sonnenbrillen auf, obwohl es im Raum recht düster war. Die Frau trug ihr kurzes blondes Haar streng nach hinten gekämmt. Sie kam Malika bekannt vor. War sie ihr schon einmal begegnet? Natürlich, jetzt erinnerte sie sich! Das war die Frau, die der Papagei letzte Woche angegriffen und ihr den Hut vom Kopf geklaut hatte.

Allmählich fügten sich die Puzzleteile zusammen, und Malika kombinierte haarscharf. Vielleicht hatte die Frau den Professor entführt. War deshalb der Papagei so wütend gewesen? Ja, so könnte es gewesen sein!

Einer der Männer war hochgewachsen, hatte breite Schultern und einen dunklen Bart, der andere hatte Sommersprossen im Gesicht. „Das war der Mann mit der Haifischtasche", schoss es ihr blitzschnell in den Sinn und die Angst wandelte sich in Panik. Ihr Körper funktionierte plötzlich wieder.

„Los, Karl, mir nach!" Malika rannte zum Fenster, um hinauszuspringen. Ihr Bruder blieb dicht hinter ihr. Das Zimmer befand sich im Erdgeschoss, sie würden sich schlimmstenfalls einen

Knöchel verstauchen, alles besser als hier festgehalten zu werden. Das Trio machte keine Anstalten, sie daran zu hindern. Malika rüttelte hektisch am Riegel, aber das Fenster ließ sich nicht öffnen. „Abgeschlossen", der mit den Sommersprossen hielt die Hand hoch und klimperte mit den Schlüsseln.
Malika nahm ihren ganzen Mut zusammen, denn ihre Liebe zu Hope war groß. „Wo ist mein Hund?", fragte sie mit letzter Kraft. Der mit den Sommersprossen antwortete: „Den haben wir eingesperrt, nachdem du bewusstlos warst, er hat nur noch gebellt. Er hätte die ganze Nachbarschaft alarmiert."
Malika wurde schlecht, aber bevor sie weiter fragen konnte, kam dieser Typ jetzt auf Karl zu. Schützend stellte sie sich vor ihren kleinen Bruder. Der Mann schubste sie beiseite. „Was haben wir denn da?", fragte er und deutete auf den Zettel, den Karl noch in der Hand hielt.
„Einen Einkaufszettel. Von meiner Mutter!", stotterte Karl. Er war echt stolz darauf, dass ihm das eingefallen war. Aber der Mann ließ nicht locker. „Zeig mal her."
„Nein", entgegnete Karl und schüttelte entschlossen den Kopf.
„Wie du meinst", sagte der sonnenbebrillte Typ und kam näher. „Dann hole ich ihn mir eben." Er griff danach, doch bevor er das Papier an sich nehmen konnte, steckte Karl den Zettel in den Mund, kaute schnell und fest darauf herum, bis er weicher wurde und würgte ihn dann hinunter.
„Was machst du denn da?", rief Malika entsetzt. Karl konnte nicht reagieren, weil er kaum noch Luft bekam. Malika raste in die Küche, die sie um die Ecke vermutete. Sie kam mit einem

Glas Wasser zurück, um es Karl einzuflößen, der nur noch keuchte. Danach ging es ihm langsam besser.
Die drei Erwachsenen schienen von dem Geschehen völlig unbeeindruckt zu sein, als wäre es das Selbstverständlichste der Welt, dass Kinder sich Zettel in den Mund schieben und sie dann hinunterschlucken.
„Ich habe noch was zu tun", sagte der Sommersprossige. Dann verließ er zusammen mit dem Bartträger und der Blonden den Raum. Karl und Malika hörten, wie sich der Schlüssel im Schloss drehte. Es wurde still, totenstill. Erschöpft fielen sie auf ein braunes Cordsofa, das sie gnädig aufnahm.
„Und was machen wir jetzt?", schluchzte Malika. „Ohne diese Formeln werden wir Hope niemals wiederfinden."
Als Karl seine Schwester in diesem desolaten Zustand sah, antwortete er hastig: „Wir müssen nur den richtigen Computer finden. Den Zettel brauchen wir nicht mehr. Ich habe den Code und die Formel längst auswendig gelernt." Er grinste.

Frau Papou rüttelte energisch an dem Toilettenspiegel.
„Darf ich mal?", der Professor sah sich die Konstruktion an, löste ein paar Halterungen und hielt kurze Zeit später den Spiegel in der Hand.
„Jetzt übernehme ich", die Buchhändlerin lächelte, nahm ihm

den Spiegel ab und ließ ihn auf den groben Steinboden fallen. Er zerbarst in tausend Scherben. „Oh je, die sind jetzt aber klein“, jammerte Frau Papou und sah nach unten. Tausend Splitter spiegelten ihr verzerrtes Spiegelbild wider.
Der Professor grinste. „Eines muss man dir lassen, Katinka, gute Ideen hast du ja, nur an der Durchführung hapert es manchmal.“
„Dann sind wir doch ein gutes Team“, erwiderte die Buchhändlerin, während sie versuchte, die größte Scherbe aus dem Haufen herauszufischen. „Autsch.“ Blut rann an ihrer Hand herunter. „Verflixt und zugenäht“, schimpfte sie mit sich selbst, „heute geht aber auch alles schief.“
Nachdem sie ihren Finger mit einem Stück Toilettenpapier umwickelt hatte, nahm sie die größte Scherbe und eilte wieder ans Fenster. „Kannst du mich festhalten, Albert?“, rief sie und versuchte, sich wieder so weit wie möglich aus dem Fenster zu lehnen. Aber es war schon Mittag und die Sonnenstrahlen waren längst um die Ecke gebogen.
„Sei vernünftig, Katinka, lass es uns morgen wieder versuchen“, meinte Herr Kopaki ruhig. Die Buchhändlerin wollte alles, nur nicht vernünftig sein! Doch schließlich musste sie sich eingestehen, dass es heute keinen Zweck mehr hatte. Die Sonne hatte ihren Rhythmus und ließ sich durch nichts aus der Bahn werfen, nicht einmal von einer ungeduldigen Buchhändlerin, die verzweifelt versuchte, ihre Strahlen von einer kleinen Dachluke aus einzufangen. Und eigentlich, gestand sie sich ein, war es gar nicht so übel, mit Albert unter einem Dach zu sein. Ergeben zeichnete sie den neunten Strich an die Wand.

Die Spinne hatte den Ort, an dem sie ihr Kunstwerk erbaute, gut gewählt. Es roch nach Staub und Moder. Mit ätherischen Ölen, wie etwa Lavendel, Thymian oder Pfefferminze, hätte man sie längst vertrieben.

„Hoffentlich zeigt sich Purxel gleich wieder“, meinte Jonas und klappte das magische Buch auf. Die drei hatten sich gleich nach der Schule wieder getroffen. Da morgen Wochenende war, hatten sie keine Hausaufgaben aufbekommen.
Sie saßen vor Phils Haus, unter dem Baum mit den bunten Stühlen und schauten gebannt auf die leeren Seiten. Phils Mutter kam an ihnen vorbei und lief zum Hühnerstall. „Habt ihr ein Geheimnis?“, trällerte sie, während sie in ihrer Umhängetasche nach den Körnern für die Tiere suchte. „Ihr seht ein bisschen verschwörerisch aus.“
Die Kinder beugten sich über das aufgeschlagene Buch, weil sie nicht wollten, dass sie hineinschaute. „Wir lesen eine Geburtstagseinladung, Frau Kowalewski“, log Jonas und wurde rot, weil Phil ihn jetzt tadelnd ansah.
„Prinzessin, Juna, Herr Schmidtske, putt, putt, putt …“, rief Phils Mutter und lief in den Stall. Nach ein paar Minuten tauchte sie wieder auf. Sie warf einen neugierigen Blick auf das Buch. Zum Glück verhielt sich die Seite im Buch noch ruhig und spuckte

keinen Raben oder ein anderes Wesen aus. Phils Mutter nickte ihnen noch einmal zu und verschwand im Haus.
Endlich wölbten sich die Seiten und Purxel flatterte aus dem magischen Buch, nur um gleich wieder zu verschwinden.
„Wo ist er hin?“, fragte Tinka überrascht.
„Er kommt bestimmt zurück“, meinte Phil. Die drei hörten es im Baum rascheln und schauten nach oben. Klonk! Eine Walnuss traf Jonas an der Stirn.
„Autsch!“, rief der und rutschte fast vom Stuhl, weil er noch versucht hatte, auszuweichen. Die anderen lachten.
„Sehr witzig!“ Jonas verdrehte die Augen. Tinka erklärte ihnen, dass Raben Nüsse auf Straßen fallen ließen, damit sie kaputt gingen. Manchmal knackten auch Fußgänger die Schalen, wenn sie versehentlich darauf traten. Danach sammelten die Vögel das Innere der Nüsse auf. Offenbar hatte der Rabe versucht, seine Mittagsnuss auf Jonas’ Kopf zu spalten. Er krächzte und flog, ungeachtet der unversehrten Nuss, munter in Richtung Ortskern davon. Die Kinder rannten ihm hinterher.

WIEDER VEREINT

Malika und Karl standen im Wohnzimmer. Einen tauglichen Computer hatten sie noch immer nicht gefunden. Karl durchwühlte zum x-ten Mal die zu Bruch gegangenen Gegenstände auf dem Boden.

„Sei mal still“, rief Malika aufgeregt. „Da fiept doch was?“ Karl hielt in seiner Bewegung inne, aber er hörte nichts.

„Das ist Hope!“ Malika rannte in die Richtung, aus der das Geräusch kam. Vorsichtig öffnete sie eine Tür. „Hope!“, rief sie in den Raum hinein.

Bett, Nachttisch, Kleiderschrank – das war alles, was sie erkennen konnte. Plötzlich bewegte sich etwas unter dem Bett. Ein Glücksgefühl durchfuhr Malika. Hope kam hervorgekrochen. Ihr Schwanz wedelte, sie sah aus wie eine der kleinen Spielfiguren, die losmarschierten, wenn man sie ankurbelte. Die Hündin rannte auf Malika zu und schmiegte sich in ihre ausgebreiteten Arme. Malika rannen vor Freude die Tränen über die Backen. Jetzt war alles gut, sie hatte ihre Hope wieder. Voller Freude schleckte die Hündin die salzigen Tränen aus Malikas Gesicht.

Karl, der in dem anderen Zimmer noch immer fieberhaft nach dem richtigen Computer suchte, schaute nach, was sich da drüben tat (jetzt hatte er nämlich auch etwas gehört) und entdeckte die beiden eng umschlungen auf dem Boden. „Hope!“, schrie er außer sich vor Freude und rannte auf die zwei zu. Auf halber Strecke stolperte er und wäre fast gestürzt.

„Da ... da ... da!“, stotterte Karl und zeigte mit ausgestrecktem Zeigefinger auf einen Gegenstand, der am Boden befestigt war. Malika wollte gerade nichts wissen. Sie schmuste weiter mit ihrem Hund, während Karl die Öse näher untersuchte, über die er gestolpert war.

„Das ist eine Falltür“, rief er, als er der Sache näher auf den Grund gegangen war. Jetzt sprang Malika doch auf, schloss vorsichtshalber die Tür zum Wohnzimmer und half Karl dabei, die im Boden eingelassene Tür zu öffnen. Karl stieg schnurstracks die Leiter nach unten, die unter der Tür versteckt gewesen war.

„Sei vorsichtig“, mahnte Malika.

„Das ist absolut irre!“, brüllte Karl von unten herauf, und Malika überlegte, ob sie auch schnell runter steigen sollte. Aber sie wollte Hope nicht allein lassen, deshalb blieb sie und lauschte.

„Sowas habe ich noch nie gesehen“, drangen Karls Worte gedämpft nach oben. Malika konnte an seinem Tonfall hören, wie aufgeregt er war.

„Viele Geräte ... weiß nicht, was wichtig ist ...“ Informationsfetzen hüpften über die Sprossen nach oben an ihr Ohr, das Malika in den Schacht hielt.

In der Eingangstür wurde ein Schlüssel umgedreht. Malika packte das nackte Entsetzen. Kam das Trio noch einmal zurück?

„Karl!“, schrie sie panisch nach unten. „Komm hoch, da ist wieder jemand im Haus!“

Karls Herz, das sich gerade noch im siebten Nerd-Himmel befunden hatte, rutschte jetzt in die Hose. Er packte den Laptop, der in greifbarer Nähe lag, und kletterte, so schnell es seine

Beine zuließen, wieder nach oben. Eilig klappten sie gemeinsam die Falltür ein und zogen den Teppich, der sich rechts neben dem Bett befand, über die Öse. Den Computer versteckte Karl unter dem Bett.

Unentschlossen standen sie im Schlafzimmer. Hope hatte Durst und hechelte. Ihre Herzen klopften laut.

„Wann bekommt man einen Herzinfarkt?“, flüsterte Karl.

„Jetzt nicht.“ Malika legte ihm die Hand auf den Mund. Sie hörten etwas über den Fußboden schleifen. „Schnell, in den Schrank“, Malika öffnete hastig die Tür und schob die Kleidungsstücke zur Seite. „Los beeil dich.“

Karl sprang schnell hinein und verschwand unter einem Berg von Klamotten.

„Hope“, flüsterte Malika flehend. Aber die Hündin, die normalerweise aufs Wort gehorchte, blieb stehen, starrte zur Tür und wedelte mit dem Schwanz.

„Wo bleibst du?“, klang es dumpf aus dem Schrank.

„Ich gehe nicht ohne sie.“ Malika schloss schnell die Schranktür ab. „Besser sie finden uns nicht beide“, flüsterte sie Karl noch zu. Dann drehte sie sich um und die Tür zum Schlafzimmer ging auf.

Sie schrien vor Freude. Jonas und Malika fielen sich gleich in die Arme und weinten. Phil und Tinka stürmten herein und im Schrank hörten sie ein Hämmern, bis sich jemand erbarmte, die Schranktür zu öffnen. Karl stolperte heraus und fiel mitten ins Glück.

„Wie habt ihr uns gefunden?“, rief Malika überglücklich.
„Was macht ihr im Schlafzimmer des Professors?“, entgegnete Jonas erstaunt. Fragen und Antworten verfingen sich zwischen dem Gelächter und dem Schluchzen der Kinder und sie schworen, nie wieder auseinanderzugehen.
„Das sind echte Roboter, und sie haben Hope und jetzt auch uns in diesem Haus gefangen gehalten“, berichtete Karl noch völlig außer Atem. Die Ereignisse der letzten Minuten waren zu aufregend gewesen!
„Sind Frau Papou und der Professor auch hier?“, fragte Jonas hoffnungsvoll. Suchend schaute er sich im Zimmer um.
„Nein, die müssen sie anderswo versteckt halten“, erwiderte Malika. „Aber jetzt bin ich mir ziemlich sicher, dass sie die Entführer sind!“
„Dann mal los, lasst uns hier verschwinden“, meinte Phil. „Möglicherweise kommen die Roboter heute noch zurück.“
Durch das Wort „möglicherweise“ aufgeschreckt, beschlossen sie, ihr Wiedersehen an einem anderen Ort weiter zu bejubeln. Sie packten ihre Sachen und rannten, als würden sie von einer Bestie verfolgt, zur Tür. Dabei war es doch nur Hope, die ihre Aufgabe als Hütehund erfüllte und die Gruppe in Richtung Ausgang trieb.
Als sie an der Eingangstür angelangt waren, fiel Karl ein, dass der Computer noch unter dem Bett lag. „Ich muss nochmal zurück“, rief er erschrocken. „Ich habe den Laptop vergessen.“
Bevor ihn jemand aufhalten konnte, drehte er sich um und lief wieder ins Haus zurück.

Es hätte nicht schlimmer kommen können, denn kurz nachdem Karl verschwunden war, schälten sich am Horizont ein paar Silhouetten heraus. Beim Näherkommen formten sie sich zu drei Gestalten: zwei Männer und eine Frau. Die Kinder wussten nicht, was sie machen sollten: ins Haus rufen und Karl warnen? Dafür war es zu spät. Sie konnten sich gerade noch selbst in Sicherheit bringen. Wenn sie Karl helfen wollten, war das auch das einzig Sinnvolle, was sie tun konnten.
So schnell mussten sie also ihren neuen Vorsatz, nie wieder auseinanderzugehen, schon wieder über Bord werfen! Doch diesmal nicht, weil sie sich über die Richtung uneinig waren, in die sie segeln wollten, sondern, um wie einst die Seeleute vor den Piraten, vor den Robotern zu fliehen.
„Ich kenne ein cooles Versteck“, meinte Malika und führte die anderen an eine Stelle weiter oben an den Osterbach, dorthin, wo sie sich kurz zuvor mit Karl nach der Schule getroffen hatte. Der Platz, der von einer Baumgruppe ringsum geschützt war, fühlte sich an wie ein sicherer Hafen, in dem sie ihre Segel einholen konnten. Hier waren sie erst einmal sicher. Der Boden war von Wurzeln durchdrungen und daher nicht ganz Rollstuhl geeignet aber – für die geballte Kraft der Kids ein Kinderspiel.
„Wie habt ihr uns gefunden?“, fragte nun Malika noch einmal.
„Purxel hat uns zu euch geführt und der Schlüssel steckte außen an der Tür“, antwortete Phil. „Und wie seid ihr zu diesem Haus gekommen?“ Er staunte nicht schlecht, als Malika ihm alles über den Professor und seinen Papageien erzählte.
Karl, der gerade den Laptop unter dem Bett im Schlafzimmer

hervorgeholt hatte, wollte zum Ausgang eilen, als er ein verdächtiges Geräusch hörte. Eilig rannte er wieder ins Schlafzimmer zurück und schloss ganz leise die Tür. Dann ließ er seinen Blick hektisch durchs Zimmer schweifen. Er streifte die Luke (zu laut), glitt weiter, schaute unters Bett (zu eng) und wanderte schließlich zu seinem vorherigen Versteck.
„Die Kinder sind fort?“, sagte ein Roboter auf der anderen Seite der Tür. „Ich lade mich kurz auf“. Schon hörte Karl Schritte näherkommen. Bevor die Klinke abermals heruntergedrückt wurde, war er im Schrank verschwunden.

Frau Papou streckte seit den frühen Morgenstunden wieder ihren Kopf aus der Dachluke und versuchte, die größte Scherbe, die sie aus dem Splitterwerk am Boden der Damentoilette hatten herausfischen können, in die Sonne zu halten.
„Katinka, ich glaube, das bringt jetzt nichts mehr“, meinte der Professor, nachdem sie bis zum späten Nachmittag aus dem Fenster gemorst hatte und die Sonne längst weitergezogen war. Sie wollte sich schließlich nicht nur um die beiden hinter dem kleinen Dachfenster da kümmern. Die Buchhändlerin rutschte wieder ins Zimmer zurück, pustete die Haare aus der Stirn und rückte ihre Bluse zurecht. „Hast du eine bessere Idee, Albert?“, meinte sie aufgebracht.

Der Professor zuckte mit der Schulter. „Ich werde dich nicht davon abhalten, weiterhin eine Scherbe zum Himmel zu halten. Der Glaube soll ja bekanntlich Berge versetzen. Als Physiker kann ich das jedoch leider nicht bestätigen. Jedenfalls habe ich einen Bärenhunger."

Er schaute auf das Essen, das Willi verlässlich durch die Tür gereicht hatte, und lächelte. „Darf ich bitten, gnädige Frau?", er reichte der Buchhändlerin die Hand. Sie gab sich geschlagen, warf die nutzlos gewordene Scherbe in die Ecke und setzte sich zum Professor an den Tisch.

Die Spinne krabbelte hungrig in die Mitte des Netzes, um zu prüfen, ob nicht doch endlich ein neuer Untermieter eingecheckt hatte.

Unter den Bäumen am Flussufer des Osterbaches saßen vier Kinder und ein Hund und überlegten fieberhaft, wie sie den Sommersprossigen und die anderen Roboter aus dem Haus locken könnten, um Karl zu befreien. Sie konnten keinen klaren Gedanken fassen. Ihre Gefühle spielten verrückt: Mal waren sie am Boden zerstört, weil Karl fehlte, dann lachten sie wieder, weil sie sich gefunden und wieder vertragen hatten. Hope, die nicht so recht verstand, was da vor sich ging, schloss sich ihnen an und jaulte einfach mit.

„Ich habe riesigen Hunger. Wie sieht es bei euch aus?" Jonas sah in die Runde. Die anderen nickten zustimmend. Er schlug vor, beim Bäcker ein paar Brezeln für alle zu holen, und Malika bot an, ihn zu begleiten. „Ich kann dir tragen helfen", sagte sie schnell. Jonas lächelte. Ein Kribbeln stieg in ihm auf – kein beruhigendes Gefühl, aber ein sehr schönes.
Die beiden kamen kurz darauf mit einer großen Tüte zurück. Malika breitete ihr Tuch, mit dem sie ihre vom Papageien zerzausten Haare gebändigt hatte, auf dem Boden aus und legte die Brezeln darauf.
„Mit vollem Magen lässt es sich viel besser nachdenken", meinte Phil kauend und schaute zu den beiden hinüber. Tinka pulte gedankenverloren das Innere aus dem Laugengebäck und schmiss es den Vögeln zu, die sich sogleich begierig darauf stürzten. Als alle gesättigt waren, öffnete Phil das magische Buch und Purxel flog schnatternd hinein. Erschrocken setzte sich Hilda wieder auf Malikas Schulter.
„Abgesehen davon", meinte Tinka, die noch immer ganz versunken vor ihrem jetzt ausgehölten Brötchen saß, „dass diese Typen Menschen betäuben und entführen, haben sie auch viel Blödsinn im Kopf. Sie haben die halbe Ortschaft eingeseift, die Zeit in die Zukunft und wieder zurücklaufen lassen und die Geschmacksrichtung von Charlys Eis verändert. Um Karl zu befreien, müssten wir ihnen etwas in die Hände spielen, womit sie wieder etwas Dummes anstellen könnten."
Phil nickte zustimmend. Sie waren schon immer eine lustige Truppe gewesen und hatten viel Fantasie und Käse im Kopf –

das zumindest hatte die Buchhändlerin schon oft zu ihnen gesagt. Er hoffte auf eine zündende Idee, auch wenn ihm gerade nicht einmal etwas Käseähnliches einfiel.
Malika war hin- und hergerissen. Einerseits fühlte sie sich, als hätte sie wirklich gerade einen Schweizer Käse im Kopf, durch dessen Löcher die ganze Welt zu verschwinden drohte, und sie allein mit Jonas übrigblieb. Phil bemerkte sofort, dass es zwischen den beiden ordentlich funkte.
Andererseits sorgte sie sich um ihren kleinen Bruder. Zum allerersten Mal war sie so richtig wütend auf ihn. Weshalb hatte er sein Leben aufs Spiel gesetzt, nur um diesen blöden Computer zu holen?
„Es muss uns etwas einfallen", sagte sie schließlich, „sonst werde ich zu ihm gehen." Das traute Phil ihr sogar zu. „Das wäre das Dümmste, was du tun könntest", entsetzt schaute er sie an. „Uns wird sicher noch eine Idee kommen, ganz bestimmt", setzte er beschwichtigend hinzu.
Er überlegte fieberhaft. Die Lage war ernst, denn einer von ihnen schwebte gerade in großer Gefahr.
Phil spürte, wie sehr ihm die vier anderen Bücherhaie ans Herz gewachsen waren. Seit Mitte letzten Jahres hatten sie sich fast täglich gesehen. Zu Silvester dann hatten ihnen ihre Eltern erlaubt, die Nacht gemeinsam bei Phil zu Hause zu verbringen. Um Mitternacht stießen sie alle auf ihre Freundschaft an.
Während die meisten Menschen sich an Silvester etwas vornahmen, das sie sowieso nicht einhielten, hatten die Kinder das Fundament ihrer Freundschaft gefestigt: Für dich – mich – alle,

gemeinsam sind wir stark! Das hatten sie sich da nochmal geschworen. Und das durfte sich gerade jetzt auf keinen Fall ändern! Und wie aus dem Nichts, war sie schließlich da, die zündende Idee! „Silvester!“, rief Phil aus. Die anderen schauten ihn erstaunt an.

Als Phil damals an Silvester seine Feuerwerkskörper hatte abfeuern wollen, hatte ihm Tinka erklärt, dass viele Tiere unter den lauten Raketen litten. Das machte ihn so betroffen, dass er die restlichen Böller unter seinem Bett verstaute. Künftig wollte er Silvester ohne Knaller feiern. Für einen guten Zweck könnte er sie aber jetzt gebrauchen.

„Ich glaube, ich weiß, wie wir die drei ablenken können“, sagte Phil euphorisch. „Erstmal müssen wir alle Feuerwerkskörper zusammensuchen, die vom letzten Silvester übriggeblieben sind. Je mehr, desto besser.“

Natürlich entging ihm nicht, dass Tinka ihn fragend anschaute.

„Ich erkläre es später, jetzt dürfen wir keine Zeit verlieren.“

„Okay“, Tinka hatte verstanden.

„Ich habe bestimmt noch was von dem Zeug im Keller liegen“, überlegte Jonas laut, dann klingelte sein Handy und sein Gesichtsausdruck veränderte sich.

„Was ist los?“, fragte Malika besorgt. „Mein Vater ruft an. Ich geh da mal ran.“

In der ganzen Aufregung und mit den neuen flatternden Gefühlen in der Magengegend hatte er seine Sorge um die Mutter ein wenig verdrängt. Jetzt nahm er mit zitternden Fingern den Anruf entgegen. Er entfernte sich, um ungestört zu

telefonieren. Als er wiederkam, setzte er sich zu seinen Freunden auf den Boden und sackte förmlich in sich zusammen.
„Wie geht es deiner Mutter?“, fragte Malika alarmiert. Nach einer gefühlt endlosen Zeit flüsterte Jonas: „Sie wird wieder gesund, und ich kann sie heute Abend besuchen.“ Ein erleichtertes Schluchzen drang aus seiner Kehle. „Heute früh haben sie ihr die Galle entfernt und die Ärzte meinen, ohne Galle könne man gut leben.“
Jetzt erst merkte Jonas, wie schwer eine Sorge wiegen konnte, obwohl sie nichts weiter war als ein Gedanke, der ständig in seinem Kopf festsaß. Auf einmal fühlte er sich leicht – so unglaublich leicht.
„Und die Steine?“ wollte Tinka schüchtern wissen. Jonas lächelte. „Die sind jetzt auch draußen, schätze ich.“
„Das ist gut“, meinte sie erleichtert.
Malika umarmte Jonas, und Phil kam mit seinem Rollstuhl an seine Seite. „Ich freu mich für deine Mutter und dich!“ Freundschaftlich drückte er seine Hand.
Jonas war noch ganz in seinen Gedanken versunken. Sein Leben war jetzt fast wieder in Ordnung, nur Karl fehlte noch; und die Buchhändlerin natürlich. Jonas holte tief Luft, dann brachen sie auf.
Jonas schob Phil über den steinigen Weg zurück auf die Straße. Heute war Freitag, sie durften also etwas länger draußen bleiben, weil morgen keine Schule war. Trotzdem: Die Zeit drängte, sie mussten sich beeilen.
„In einer Stunde wieder hier“ rief Phil über die Schulter,

bevor alle in eine unterschiedliche Richtung verschwanden, um Knaller zu holen.

Durch die Schranktür hindurch hörte Karl merkwürdige Geräusche, die er nicht zuordnen konnte. Als sie verstummten, überlegte er, ob er sich vorsichtig herauswagen und mal nachsehen sollte. Er zögerte. Was, wenn einer der Roboter noch immer auf dem Bett lag? Und wo waren seine Komplizen? Im Wohnzimmer vielleicht?
Karl hatte jetzt zwar den Computer auf dem Schoß, aber viel zu viel Angst, ihn aufzuklappen, um mit dem Umprogrammieren zu beginnen. Außerdem konnte er sich gar nicht konzentrieren. Was hatte Malika nochmal über die verschiedenen Stimmen gesagt? Es war noch gar nicht so lange her, als er von dem ganzen Kram nichts wissen wollte. Er hatte gar nicht richtig zugehört und manches vergessen. Jetzt würde er alles dafür geben, die Zeit zurückdrehen zu können. Das wäre ungemein praktisch. Man könnte alle Fehler im Nachhinein noch korrigieren. So würde nichts wirklich schieflaufen, und alles hätte immer ein gutes Ende. Aber die Zeit war in dieser Hinsicht pragmatisch. Sie ließ sich zu nichts überreden, unbekümmert lief sie einfach weiter und ließ sich auch nicht von einem im Schrank sitzenden Jungen aufhalten, der sie flehend darum bat, noch einmal eine Rolle rückwärts zu machen.
Vielleicht gab es doch noch eine Möglichkeit, um in die Vergangenheit zurückzukehren, überlegte Karl. Er musste sich nur

erinnern. Angestrengt dachte er nach. Da kam ihm plötzlich wieder das Gespräch in den Sinn, das Malika mit ihm geführt hatte, als sie unter dem japanischen Schnurbaum saßen.
Sie hatte erklärt, dass jeder Mensch eine innere Stimme in sich habe, die ihn in schwierigen Situationen leite. Es sei aber nicht einfach, sie wahrzunehmen. Außerdem hatte sie etwas davon erzählt, dass es darum ging, diese eine Stimme von den vielen anderen zu unterscheiden. Wie sollte das denn gehen? Im Moment hatte Karl ein richtiges Geschnatter im Kopf. Doch jetzt erinnerte er sich daran, dass Malika und Phil immer die Augen schlossen, um nach innen zu lauschen und das goldene Licht wahrzunehmen.
Noch fühlte Karl einen Widerstand in sich: Das sah wirklich dämlich aus, mit geschlossenen Augen dazusitzen und sich nicht zu bewegen. Andererseits, was hatte er schon zu verlieren? Hier drin konnte er sich sowieso nicht rühren, und er wurde ja gerade von niemandem beobachtet, der sich über ihn hätte lustig machen können. Vorsichtig versuchte Karl, eine bequemere Sitzposition zu finden. Dann machte er in dem ohnehin schon dunklen Schrank einfach mal die Augen zu.

Nach einer Stunde versammelten sich die vier Bücherhaie wieder am Osterbach und zeigten einander ihre Schätze. Auf dem Boden tummelten sich Knallteufel, Bodenwirbel, Knallbonbons, Minivulkane und Wunderkerzen. Ein paar Raketen fanden sich auch noch ein.

„Da ist ja ganz schön was zusammengekommen!“ Jonas rieb sich schon die Hände vor Freude, bis er Tinkas tadelnden Blick bemerkte. Schlagartig hielt er inne.

Phil glühte vor Aufregung. Er konnte es kaum erwarten, den Freunden seinen Plan zu unterbreiten.

„Wir schleichen uns vorsichtig zum Haus des Professors. Dann jagen wir vor dem Wohnzimmerfenster eine Rakete in die Luft. Die anderen Teile lassen wir dort liegen. Sobald die Kerle aus dem Haus stürmen, um nachzuschauen – und ich bin mir sicher, sie werden kommen –, schleicht sich einer von uns ins Haus und holt Karl da raus.“ Er blickte in die Runde. „Wer von euch möchte das übernehmen? Ich bin leider zu langsam mit diesem verdammten Stuhl.“

Es war das erste Mal, dass Phil vor ihnen nicht positiv von seinem Rollstuhl sprach, ihn nicht mehr als ein Hilfsmittel bezeichnete, wie er es sonst immer tat, sondern als Hindernis. Die anderen schauten betroffen.

„Ja, manchmal ist es einfach scheiße, in so einem Ding zu sitzen“, sagte Phil nüchtern, als er es bemerkte. „Also, wer geht da jetzt rein?“

„Ich mache das“, sagte Malika schnell, sie wollte mit Hope Abstand halten, weil auch ihre Hündin sich vor den Knallern fürchtete. Sie schlug vor, um die Ecke zu warten und, sobald die Luft rein wäre, Hope vorzuschicken. Die Hündin würde sofort riechen, wo sich Karl versteckt hielt. „Falls diese Typen ihn nicht schon vorher gefunden haben“, dachte sie noch, aber sie behielt den Gedanken für sich und versuchte, ihn sofort zu

verdrängen. Er hatte sich jedoch bereits in ihr Herz gekrallt und schmerzte gehörig.
Dann ging es los. Alle waren auf ihrer Position. Die Mädchen warteten auf der Rückseite des Hauses. Malika hielt Hope vorsorglich die Ohren zu, und Tinka starrte gebannt auf Professor Kopakis Tür. Phil legte die anderen Feuerwerkskörper in einem ausreichenden Abstand neben den Schauplatz. Dann zündete Jonas eine Rakete und eilte zusammen mit Phil, so schnell er konnte, um die Ecke. Es knallte. Bunte Funken fielen rasch vom Himmel, als wollten sie ihrem Schicksal, bald zu verglühen, doch noch entkommen.

„Hast du das gesehen?", fragte Lasse Isolde. Sie stand sofort neben ihm und schaute erstaunt aus dem Fenster. Dann riefen sie nach Willi, der gleich aus dem Schlafzimmer gestürmt kam. Sie eilten zu dritt aus dem Haus und liefen bis unter das Wohnzimmerfenster, wo das Spektakel stattgefunden hatte.
Alles lief nach Plan. Auf der anderen Seite des Hauses hob Tinka den Daumen, ihr verabredetes Zeichen. Malika, die alle Mühe hatte, Hope ruhig zu halten, ließ sie jetzt los. Schnell wie der Blitz sauste die Hündin durch die Tür, welche die Roboter glücklicherweise in der Eile wieder einmal offen gelassen hatten.

DIE BEFREIUNG

Karl saß noch immer im Schrank und wagte nicht, sich zu bewegen. Er hatte zwar bemerkt, dass draußen etwas passiert war, doch er konnte es nicht einordnen. Er hatte schreckliche Angst. Plötzlich kratzte es an seinem Versteck. Erst als Karl das bekannte Bellen hörte, klopfte er erleichtert an die Tür, die er von innen selbst nicht öffnen konnte.
„Gut gemacht, Süße!", lobte Malika ihre Hündin, als sie völlig außer Atem ins Zimmer stürmte und den Schrank aufmachte. Hope begrüßte Karl stürmisch, und Malika fiel ihm um den Hals. Vergessen war die Wut. Sie war so erleichtert, dass ihm nichts geschehen war.
„Wir müssen sofort weg hier", keuchte Malika und versuchte Karl, der verwirrt vor dem Schlafzimmerschrank stand, aus dem Zimmer zu ziehen. Erst als sie verzweifelt „Komm schon!" rief, setzte sich Karl endlich in Bewegung. Sie rannten, so schnell sie konnten, aus dem Haus.
„Zur Eisdiele!", rief Phil, der als einziger noch sprechen konnte, während alle anderen völlig außer Puste waren.
Minuten später ließen sich die Bücherhaie endlich wieder vereint und völlig erschöpft unter dem japanischen Schnurbaum nieder. In einiger Entfernung knallten immer noch ein paar Böller. Ab und zu schoss auch eine bunte Rakete in die Höhe. Sie hob sich deutlich von den dunklen Wolken ab, um kurz wie ein Komet aufzuflackern und dann wieder zu verglühen.

Andere Eisdielenbesucher reckten neugierig die Hälse, um das Spektakel mitzuerleben.

„Hast du den Computer?“, flüsterte Malika.

„Na klar“, entgegnete Karl und zeigte ihr mit einer coolen Geste die Innenseite seiner Jacke. Das hatte er neulich in einem Film gesehen, in dem ein Gauner seinem Komplizen ein mit Diamanten besetztes Collier unter der Weste präsentierte. Malika grinste. Plötzlich hielt sie sich die Hände vors Gesicht. „Oh nein, nicht schon wieder.“ Eine alte Frau mit einem geblümten Tuch auf dem Kopf, das sie unter dem Kinn zusammengebunden hatte, eilte auf die Kinder zu. Sie hatten keine Chance mehr, Frau Polte zu entkommen.

„Da seid ihr ja wieder“, rief die Alte und winkte schon von weitem. „Hab ich’s nicht gesagt“, kreischte sie aufgeregt. „Die Okupisten sind wieder am Werk.“ Mit dem Zeigefinger deutete sie auf den bunt gesprenkelten Himmel. „Seid bloß vorsichtig, sie halten sogar Kinder gefangen“, meinte sie dann hinter vorgehaltener Hand, wie sie das immer zu tun pflegte, und setzte wieder ihre beflissene Miene auf. Und diesmal hatte sie mit ihrer Vermutung sogar Recht gehabt.
„Jetzt haben wir uns ein Eis verdient“ meinte Tinka, nachdem die Okupisten-Verschwörerin Richtung Böller davongeeilt war. Tinka lief zum Eisverkäufer hinüber. „Fünfmal Schokoeis bitte,“ sagte sie lächelnd. Charly runzelte die Stirn.
„Meinetwegen“, knurrte er dann und gab ihr fünf Schokowaffeln aus. Malika winkte zu Charly hinüber, worauf er versöhnlich mit dem Kopf in ihre Richtung nickte. Er konnte zwar manchmal aufbrausend sein, aber nachtragend war er nicht, schon gar nicht wegen eines bunten Papageien, der auf einem Baum hockte und Raupen fraß. Wo war er eigentlich jetzt? Charly blickte zum Schnurbaum hinüber. Schillerte da nicht ein buntes Gefieder durch die grünen Blätter? Besser, er sah gar nicht erst genauer hin.
Die Bücherhaie schleckten an ihrem Eis, und Hope legte ihren Kopf schief. Ihr lief das Wasser im Maul zusammen. Malika kramte in ihrem Rucksack und förderte einen großen Kauknochen zu Tage. „Das hast du dir jetzt verdient!“ Liebevoll streichelte sie Hope über das weiche Fell. Im Baum näherte sich der bunte Vogel seiner frischen Beute. Ohne den hinderlichen

Zettel im Schnabel war es für ihn ein Kinderspiel, sich ein paar Raupen einzuverleiben und die Speisekammer war reichlich gefüllt. Unter jedem dritten Blatt hing ein anderer Leckerbissen und wartete nur darauf, von ihm verschlungen zu werden. Wären die Kinder nicht völlig ins Gespräch vertieft gewesen, hätten sie sicherlich sein Schmatzen gehört.

„Ich hoffe, ihr stimmt mir zu“, meinte Phil, nachdem sie das Eis aufgegessen hatten, „dass es jetzt endlich Zeit wird, eine erwachsene Person einzuweihen.“ Alle nickten und selbst Karl, der ja sonst immer alles allein machen wollte, protestierte nicht mehr. Er war glücklich, denn im Schrank hatte er zum ersten Mal das goldene Licht gesehen. Karl war plötzlich ganz ruhig geworden und sicher, alles würde gut werden. Noch konnte er es nicht genau erklären, aber dieses Licht war außergewöhnlich und unterschied sich von allem, was ihn bisher geleitet hatte.

„An wen hast du denn gedacht?“, fragte er deshalb sofort.

„An Frau Buchfink“, entgegnete Phil. „Aber lasst uns zuvor noch einmal in das magische Buch schauen, mal sehen, was Purxel dazu meint.“ Natürlich waren alle damit einverstanden. Die Bücherhaie öffneten das magische Buch.

Plötzlich kam Wind auf und blätterte durch die Seiten. Dabei wurden noch einmal alle Bilder sichtbar, die sich den Kindern bisher gezeigt hatten. Der genervte Purxel erschien auf der ersten Seite, gefolgt von Hexen und Teufeln, die furchteinflößend vom Narrenbrunnen starrten. Dann waren rote Gummistiefel und Flügel zu sehen, die sich später eindeutig als Vogelflügel erwiesen hatten. Die Kinder sahen das Zifferblatt der Schuluhr

rattern, einen Schlüsselbund klappern und einen Fisch im Maul des schwarzen Vogels zappeln. Nachdem sie sich Bild für Bild angesehen hatten, öffnete sich schließlich die letzte Seite: Der Rabe erschien. Aber war das wirklich Purxel? Er sah plötzlich ganz anders aus. Zwar hatte er sich schon einmal als Dohle verkleidet, mit gelbem Schnabel und roten Füßchen, doch das, was sie jetzt sahen, war etwas völlig anderes. Der Rabe war nicht mehr schwarz, er hatte goldenes Gefieder. Aber nicht nur das, seine ganze Erscheinung hatte sich verändert. Er schien von innen heraus zu strahlen, als ob das goldene Licht in ihm leuchtete. Bedeutete es, dass ihre Entscheidung, Frau Buchfink einzuweihen, „goldrichtig“ war?
Sie waren sich einig! Ohne zu zögern, gingen sie auf die Bücherstube zu. Kurz bevor sie die Eingangstür erreichten, breitete sich ein Schatten über ihnen aus. Die Kinder erschraken. Sie dachten, ein verspäteter Feuerwerkskörper hätte sich in ihre Richtung verirrt. Doch schnell nahm dieser Schatten die Form eines bunten Vogels an, der sich wie selbstverständlich wieder auf Malikas Schulter niederließ. Die anderen krümmten sich vor Lachen. Es sah einfach zu komisch aus, wie sie mit dem Vogel kämpfte. Malika fand das gar nicht lustig, aber sie konnte so viel fuchteln und schimpfen, wie sie wollte, es half alles nichts. Der Papagei blieb auch dieses Mal unbeeindruckt sitzen. Hope knurrte und versuchte immer wieder eifersüchtig nach dem Vogel zu schnappen.
„Können wir?“, fragte Phil, nachdem das Gezeter endlich etwas nachgelassen hatte. Jonas öffnete die Tür, und sie traten ein.

Frau Papou hob die Scherbe doch noch einmal auf und hielt sie allen physikalischen Gesetzen zum Trotz wieder aus dem Fenster. Genau zu diesem Zeitpunkt ging am anderen Ende der Ortschaft das Feuerwerk los. Vor lauter Schreck entglitt ihr abermals das Spiegelstück und schlug klirrend auf die Erde. Erschrocken stand sie an der Luke, tief beeindruckt davon, was sie ausgelöst hatte. „Al …, Alberti!“ stotterte sie und starrte in den Himmel. Da erst bemerkte sie ihren Irrtum: Das waren einfach Feuerwerksraketen, die zufällig im selben Moment explodierten, in dem die Buchhändlerin mit der Scherbe in der Hand aus dem Fenster sah.
„Was ist?“, der Professor kam herbeigeeilt. „Ach nichts – nur ein Feuerwerk“, meinte sie beschämt. Glücklicherweise war er noch nicht dazu in der Lage, ihre törichten Gedanken zu lesen.
Die Spinne glitt suchend über ihr Netz. Der angekündigte Untermieter hatte offensichtlich doch beschlossen, vom Mietvertrag Abstand zu nehmen und sich nach einer gefahrloseren Bleibe umzusehen. Hungrig hing die Spinne nun in ihrem Kunstwerk fest und wartete auf vertrauensseligere Gäste.

Frau Buchfink brachte normalerweise so schnell nichts aus der Fassung. Als die Bücherhaie jetzt den Buchladen betraten und direkt auf sie zugesteuert kamen, war sie doch überrascht. Noch dazu, weil der aufgeregte Hund, den sie bei sich hatten, ständig versuchte, nach dem auf Malikas Schulter sitzenden Papageien zu schnappen.

„Können wir Sie kurz sprechen?", fragte Phil mit belegter Stimme. Er war so aufgeregt, dass er kaum ein Wort herausbrachte. Konnten sie Frau Buchfink vertrauen? Würde sie auf ihren Vorschlag eingehen? Hatten sie eine andere Wahl? All diese Fragen schossen ihm durch den Kopf.

„Ja, natürlich", entgegnete Frau Buchfink. „Was gibt's denn?" Sie sah Phil überrascht an. „Allein, unter vier – äh …" er zählte kurz gedanklich durch: „… ich meine: unter zwölf Augen?" Phil setzte eine feierliche Miene auf, denn er wollte unbedingt ernst genommen werden.

Doch in dieser Hinsicht, so schien es, hatte er nichts zu befürchten. Die Mitarbeiterin von Frau Papou, die die Bücherhaie gut kannte, schätzte ihn sehr.

„Habt ihr noch ein paar Minuten?", fragte sie die Kinder. „Um 18 Uhr schließe ich den Laden. Dann können wir ungestört reden." Phil nickte, und die fünf warteten ungeduldig auf den Ladenschluss.

Die Zeit, die manchmal, wenn gerade etwas Tolles passierte, durch ihr Leben raste, verhielt sich nun wie eine Schnecke. Der Uhrzeiger kroch über das Zifferblatt, als hätte er plötzlich seine Aufgabe vergessen. Doch dann war es endlich soweit! Nachdem auch die letzte Kundin, Frau Wichtelhuber, gegangen war, schloss Frau Buchfink die Tür ab.
Sie setzten sich im Kreis auf den Boden der Bücherstube.
„Erzählt mal!“ Interessiert sah Frau Buchfink die Kinder an.
„Versprechen Sie uns, dass Sie alles für sich behalten?“, fragte Phil nachdrücklich. Frau Buchfink, die nicht ahnte, welchen Zwiespalt und wie viele Gewissensbisse diese Zusage nach sich ziehen würde, sagte leichtfertig zu. Dann erzählten die Kinder ihr alles von Anfang an. Unterbrochen wurden sie nur von Hilda, die natürlich, vorlaut wie sie war, auch ihre Meinung einwerfen musste und alle paar Minuten „der Professor, der Professor“ dazwischen krächzte.
„Helfen Sie uns?“, fragte Tinka unsicher, als sie ihre Erzählung endlich beendet hatten. Frau Buchfink stand wortlos auf und ging eine Zeit lang durch den Raum. Die Kriechschneckenzeit begann erneut.
Als Frau Buchfink sich wieder zu den Kindern setzte, wirkte sie sehr ernst. „Euch ist schon klar, dass ich in große Schwierigkeiten komme, falls unser Alleingang scheitert?“
Die Kinder schauten betreten zu Boden, und auch Hope vergrub ihr Hundegesicht in ihren Pfoten. Nur Hilda rief noch immer „der Professor, der Professor“ dazwischen, ob sie es hören wollten oder nicht.

„Folgendes“, Frau Buchfink atmete tief aus. „Normalerweise müsste ich eure Eltern und die Polizei verständigen. Aber ich habe euch mein Wort gegeben.“ Sie rang kurz um Fassung. Dann fuhr sie fort: „Deshalb werde ich euch ein Angebot machen. Ich schlage vor, euren Eltern eine E-Mail zu schreiben. Ich würde ihnen mitteilen, dass ich heute vor dem Wochenende kurzfristig eine Übernachtungsparty der Bücherhaie im Buchladen plane. In diesem Schreiben würde ich um ihre Einwilligung bitten.“

Die Kinder jubelten. Frau Buchfink hob die Hand, und die Kinder verstummten. „Warten wir erst einmal ab, wie eure Eltern darauf reagieren. Außerdem kann ich mein Wort nur für diese eine Nacht halten. Hier sind wir hoffentlich vor den Robotern sicher. Ich werde Pizza und etwas zu trinken bestellen. Später werden wir unten in der Kinderbuchabteilung mit ein paar Decken die Scheiben verhüllen. So wird kein Licht mehr nach draußen dringen. Niemand soll merken, dass wir in der Stube sind. Karl und ich werden uns nach dem Essen dem Computer zuwenden. Wir werden sehen, was sich machen lässt.“

Den Kindern war die Not, in der sich Frau Buchfink befand, nicht entgangen und natürlich waren sie einverstanden. „Geht klar, diese eine Nacht“, nickte Malika beeindruckt.

Sie legten alle ihre Hände aufeinander, eine Pfote kam noch dazu: „Für dich – mich – alle, gemeinsam sind wir stark!“, riefen sie.

Malika beugte sich zu Jonas. „Ich habe mich getäuscht, es sind doch nicht alle Erwachsenen gleich“, flüsterte sie.

Nach der E-Mail folgten ein paar Anrufe bei den Eltern der Kinder. Jonas Vater war noch in der Klinik und Jonas selbst wollte unbedingt noch heute seine Mutter sehen. Es wurde vereinbart, dass er direkt danach zurück in die Bücherstube und dort an der Übernachtungsparty teilnehmen durfte. Phils Vater willigte ebenfalls freudig ein, weil sein Sohn am Telefon so fröhlich klang. Die Mutter von Malika und Karl fragte nicht einmal näher nach und gab ihren Segen, ohne genau wissen zu wollen, was da in der Bücherstube vor sich ging. Bei Tinkas Eltern gestaltete sich die Korrespondenz etwas schwieriger. Aber nachdem Frau Buchfink etwas länger mit ihnen gesprochen hatte, willigten auch sie schließlich ein. Das Abenteuer konnte beginnen.

Kurze Zeit später aßen sie die köstlichste Pizza der Welt und tranken dazu Apfelsaftschorle und Limonade. Auf einmal hielt Phil ein Geschenk in der Hand und reichte es Tinka. „Alles Gute zum Geburtstag“ sagte er liebevoll. „Für mich?“, fragte Tinka und strahlte, als sie die Dohle in den Händen hielt. Bei all den Turbulenzen hatte sie ihren Geburtstag fast vergessen. Die anderen übrigens auch. Jetzt machten alle betretene Gesichter, bis Frau Buchfink Tinka eine kleine Krone aufsetzte, die sie rasch aus einer Schublade gekramt hatte. Dann sangen sie alle gemeinsam ein Lied, gratulierten und feierten ausgelassen, bis Frau Buchfink sie daran erinnerte, dass sie ja noch eine Mission zu erfüllen hätten.

Daraufhin verdunkelten sie schleunigst die Fenster, und Karl machte sich zusammen mit Frau Buchfink an die Arbeit. Die anderen legten sich auf den Bücherstubenboden und deckten sich mit den restlichen Decken zu, die sie noch gefunden hatten. Sie waren schrecklich müde und schliefen schnell ein.

Nur Tinka war noch wach. Sie war so glücklich. Obwohl sie mit ihren Eltern nur ein kurzes Geburtstagsfrühstück gehabt hatte, war das heute ihr bisher schönster Geburtstag gewesen – vor allem auch der aufregendste! Mit der Dohle von Phil im Arm glitt dann aber auch sie hinüber in das unbeschränkte Reich der Träume, in dem alles möglich war.

Willi und Lasse schossen eine Rakete nach der anderen in den Himmel, und selbst Isolde hatte nach anfänglicher Skepsis an den Böllern Gefallen gefunden. Als der Krach nicht enden wollte, rückte die Polizei schließlich an.

„Was machen Sie denn da?", fragte der Polizist, der letzte Woche auch schon den Vorfall in der Bücherstube dokumentiert hatte. Dienstbeflissen zückte er seinen Notizblock hervor und suchte nach einem Stift. „Ein Feuerwerk-Spektakel", rief ihm der Sommersprossige entgegen.

„Unerlaubtes Abfeuern von Feuerwerkskörpern", schrieb der Beamte auf seinen Notizblock.

„Wissen Sie nicht", ermahnte er dann die drei, „dass das unter dem Jahr verboten ist?"

„Was wollen Sie benoten?", fragte der Mann zurück und klappte mit der Hand sein rechtes Ohr nach vorn, um den schnurrbärtigen Beamten besser zu verstehen.

„Ver-bo-ten!", schrie der Polizist ihn jetzt an.

„Das macht doch Spaß", lachte der Sommersprossige und feuerte weiter.

„Widerstand gegen die Staatsgewalt“, stammelte der Beamte fassungslos. „Das wird Folgen haben!“
Aufgebracht schritt er zum Polizeiauto und forderte über Funk Verstärkung an. Zwei Streifenwagen kamen angefahren, und die Polizisten versuchten, den Widerständlern, die noch immer nicht daran dachten, mit dem Unsinn aufzuhören, Einhalt zu gebieten.
„Los, Kalle, Zugriff!“, schrie einer der Polizisten einem anderen zu. Es kam zu einem Gerangel. Vier Polizisten erhielten leichte Blessuren, einer hatte ein Loch in der Hose und ein anderer eine blutende Nase. Erstaunt sahen die Polizisten sich an, und sie wunderten sich darüber, dass diese Menschen anscheinend unverwundbar waren.
Am Ende gelang es den sechs Beamten aber doch, die beiden Männer und die Frau mit gutem Zureden abzuführen. „Jetzt können Sie erst einmal in einer Zelle Ihren Rausch ausschlafen, meine Herrschaften“, bemerkte der erste Polizist. „Danach werden Sie sich für alle, die hier zu Schaden gekommen sind, verantworten müssen“, fügte er noch hinzu und staunte nicht schlecht, als die Sonderlinge in der Zelle herumalberten und kicherten. Es sah fast so aus, als sei es belustigend für sie, inhaftiert zu sein.
Irgendetwas war in den Robotern durcheinandergeraten, denn für eine solche Situation waren sie nicht programmiert worden. Und auch für die Ordnungshüter ging ein aufregender Tag zu Ende. So etwas hatten sie in ihren vielen Dienstjahren noch nicht erlebt!

Aber es kam noch heftiger: Als der wachhabende Polizist noch einmal nach den Inhaftierten schaute, waren die drei spurlos verschwunden. Neben den aufgebrochenen Handschellen sah der fassungslose Beamte verbogene Gitterstäbe an den Fenstern. Ein kalter Schauer lief ihm über den Rücken. Auch wenn er eigentlich nicht daran glaubte: Das hier ging definitiv nicht mit rechten Dingen zu.

Frau Buchfink öffnete zu diesem Zeitpunkt den Laptop des Professors. „Kannst du mir bitte mal den Code geben, den Herr Kopaki angeblich für mich aufgeschrieben hat?“ Sie streckte Karl ihre Hand entgegen.
„Den habe ich aufgegessen“, antwortete er. Frau Buchfink sah vom Laptop auf.
„Wie bitte?“, fragte sie fassungslos. „Wie sollen wir dann den Computer knacken?“ Ihre Stimme klang gereizt und müde. Die Ereignisse waren auch an ihr nicht spurlos vorübergezogen, und sie hatte noch immer Zweifel daran, ob das, was sie da gerade tat, richtig war.
„Ich hab ihn hier“, Karl tippte sich mit dem Finger an die Stirn.
„Was sagst du, wo hast du ihn?“, rief ihm Frau Buchfink ungläubig entgegen.
„Im Kopf, ich habe ihn längst auswendig gelernt“, antwortete Karl stolz.
„Na dann mal los“, erwiderte die Buchhändlerin noch immer skeptisch und legte die Finger auf die Tastatur. Karl überlegte

kurz und nannte dann den Code. ERROR erschien auf dem Display. Frau Buchfink ließ die Hände sinken.
„Warten Sie, ich hab's gleich", Karl wurde nervös. Er versuchte sich erneut zu erinnern, aber das Ergebnis blieb das gleiche.
„Du weißt, dass man nur drei Versuche hat?", fragte Frau Buchfink und schaute Karl eindringlich an. Er zitterte vor Aufregung. Er war so nah am Ziel, und jetzt schien alles schief zu laufen. Was war nur los mit ihm? Er hatte sich den Code doch eingeprägt. Was stimmte daran nicht?
Auf einmal erinnerte sich Karl an die Situation im Schrank. „Geben Sie mir bitte ein paar Minuten", bat er, zog sich in eine Ecke zurück und schloss die Augen für einen Moment. Er spürte seinen Atem und wurde ruhiger. Er fand zu seinem goldenen Licht – und da war der richtige Code! Karl ging zurück an den Computer und gab die Ziffernfolge ein. Die Maske öffnete sich. Frau Buchfink war beeindruckt, und Karl wurde ein kleines Stückchen größer.
Es war schon dunkel, als sie endlich die Stelle fanden, an der sie die Formel, die der Professor aufgeschrieben hatte, eingeben konnten. Karl tippte sie ein, sprang bei der letzten Zahl erfreut auf und klatschte in die Hände.
Dabei machte er eine ungeschickte Bewegung und der Laptop fiel, bevor er ihn hätte fassen können, klirrend auf den Boden. „Neiiiiin!", rief Karl verzweifelt. Dicke Tränen standen in seinen Augen. Er wusste nicht, ob die Eingabe noch gespeichert worden war, bevor der Computer zerschellte. Frau Buchfink hatte alle Mühe, Karl zu beruhigen. „Man kann ihn bestimmt

reparieren, dann versuchen wir es noch einmal." Aber Karl zeterte weiter. „Aber dann ist es zu spät!", rief er aus.
„Du musst dich jetzt hinlegen", sagte sie in einem Ton, der keine Widerrede duldete.
Widerstrebend legte sich Karl schließlich neben seine Freunde auf den Boden. Er fühlte sich hellwach und ziemlich durcheinander. Plötzlich stand ein Roboter vor ihm und wollte ihn zwingen, die Formel, die er hinuntergeschluckt hatte, wieder auszuspucken. „Die ist doch längst verdaut!", schrie Karl ihn an. Doch der Roboter ließ nicht locker und schüttelte ihn. Karl schlug wild um sich, aber der Roboter hielt seine Arme fest.
„Karl, Karl!" Jonas rief immer wieder seinen Namen. Karl blinzelte, dann riss er seine Augen auf. „Wo ist er?", schrie er panisch.
„Wer?", fragte Jonas und sah sich erschrocken um.
„Der Roboter?" Jetzt erst bemerkte er die anderen vier, die sich besorgt über ihn beugten.
„Du hast schlecht geträumt", meinte Frau Buchfink, „kein Wunder! Ich habe den anderen erzählt, was gestern Nacht geschehen ist. Wir sind stolz auf dich, Karl." Sie sahen ihn alle mitfühlend an, und Karl wäre am liebsten im Erdboden verschwunden.

„Nanu?", der Professor wunderte sich. „Wo bleibt er denn? Willi war mit dem Frühstück bisher immer pünktlich."

Die Buchhändlerin wurde nervös. „Was machen wir bloß, wenn sie uns verhungern lassen?" Ängstlich schaute sie auf ihre Armbanduhr. „Er ist schon zwei Stunden über der Zeit." „Das ist in der Tat erstaunlich." Der Professor strich gedankenverloren über den weißen Bart, der ihm in der Zeit der Gefangenschaft gewachsen war. Er malte bereits den zehnten Strich an die Wand. „Meinst du, das hat etwas mit dem Feuerwerk von gestern zu tun?", fragte die Buchhändlerin vorsichtig. Der Professor grinste. „Das wäre meines Erachtens noch beeindruckender, als dass eine kleine Scherbe ein Wunder am Himmel kreiert."

Frau Papou stieg die Röte ins Gesicht. Hatte er ihre fälschliche Annahme, sie hätte mit ihrer Scherbe das Spektakel ausgelöst, doch noch mitbekommen? Beschämt blickte sie zur Seite. „Komm lass uns nochmal Schach spielen", versuchte Herr Kopaki die peinliche Situation aufzulösen. Sie hatten vor einigen Tagen mit dem Kreidestift ein Spiel auf den Boden gemalt. In einer längeren Suchaktion hatten sie viele Fundstücke zusammengetragen:

ein paar Flaschen, Kannen, Vasen, verschiedene Dosen und jede Menge Toilettenpapier, sodass sie daraus alle 32 Spielfiguren zusammenstellen konnten. Sie hatten Stunden damit zugebracht, Könige, Damen, Springer, Läufer, Türme und Bauern auszuwählen. Danach waren sie in einen regelrechten Spielrausch verfallen, sodass sie sich immer wieder gegenseitig zu einer neuen Partie herausfordern mussten. Not macht erfinderisch, und dieses Schachspiel, so fanden sie, war das Schönste, was sie jemals kreiert hatten.
Auch die Spinne war eine Erfinderin. Da sie trotz ihrer acht Augen nicht viel sehen konnte, war sie, um verlässlich ihre Beute einfangen zu können, auf andere Methoden angewiesen. Ihre einzige Lebensversicherung war nämlich, in den Bau ihres Netzes zu investieren.

„Jetzt gibt es erst einmal Frühstück, und dann sehen wir weiter." Frau Buchfink holte Milch und frische Croissants. Da der SE 1000 Soft sich vor ein paar Tagen einfach aus dem Staub gemacht hatte, blieben viele Krümel auf dem Teppichboden liegen. Doch der Buchladen musste in einer Stunde wieder geöffnet werden. Also machte sich die Buchhändlerin an die Arbeit, um etwas von dem Chaos der vergangenen Nacht zu beseitigen.

Doch was sie im nächsten Augenblick sahen, ließ die Kinder erstarren – und Frau Buchfink fiel vor Schreck die Kanne Milch aus der Hand. An der gläsernen Eingangstür drückten sich drei Gestalten die Nasen platt. Ihr sicheres Versteck hatte sich in eine Falle verwandelt! Was, wenn die drei Roboter die Fensterscheibe einschlagen würden?

„Durch die untere Tür!“, hörten sie Frau Buchfink panisch rufen, „bevor die Roboter die auch entdecken.“

Die Kinder wollten gerade losrennen, als Malika rief: „Wartet, schaut mal!“

Zögernd drehten sich die anderen um. Das Trio wirkte gar nicht mehr bedrohlich. Interessiert schauten sie in die Bücherstube und winkten den Bücherhaien zu. Hatte die Umprogrammierung doch geklappt und der Computer alles gespeichert? Karl wurde nervös.

Frau Buchfink war sich nicht sicher. Sie musste die Kinder schützen, immerhin hatte sie die Verantwortung. Die Buchhändlerin wollte die Bücherhaie gerade zum unteren Ausgang schieben, da öffnete Malika schon intuitiv die Eingangstür, bevor Frau Buchfink sie daran hätte hindern können.

Stumm standen die Kinder und Frau Buchfink den Robotern gegenüber. Dann fragte Malika: „Könnt ihr uns zu der Buchhändlerin und dem Professor führen?“

Sie hielt die Luft an, alle hielten die Luft an.

„Na klar, warum nicht, kommt mit“, antwortete Willi, als wäre es völlig selbstverständlich, das Versteck der Gefangenen zu verraten. Frau Buchfink schaute Karl freudestrahlend an.

„Der Computer hat wohl die Formel doch noch gespeichert, bevor er heruntergefallen ist!“
Alle drehten sich jetzt zu Karl um und Phil meinte: „Du bist unser Held!“ Karl strahlte über das ganze Gesicht.
„Jetzt aber los“, meinte Malika. Sie trat zur Tür hinaus und bedeutete den anderen, ihr zu folgen, bevor die Typen es sich doch noch anders überlegten. Hilda saß schon wieder auf Malikas Schulter. Frau Buchfink schloss die Bücherstube ab. Seit der Gründung der Buchhandlung vor etwa 40 Jahren hatte es keinen einzigen Tag gegeben, an dem ihre Türen nicht pünktlich zur Ladenöffnungszeit geöffnet wurden. Heute war es zum allerersten Mal anders.
Eine Stunde später würden sowohl die Kundschaft als auch die übrigen Mitarbeitenden ihre Nasen an die Fensterscheibe drücken. Sie würden Decken und Kissen auf dem Boden liegen sehen und sich fragen, was hier in der letzten Nacht geschehen war. Sie würden auch noch Überreste des Frühstücks entdecken und sich wundern, was dies alles in einer Buchhandlung zu suchen hätte. Und sie würden sich letztendlich fragen, warum der Laden heute geschlossen blieb.
Und tatsächlich hatte sich zur Öffnungszeit schon eine lange Schlange vor der Bücherstube gebildet. Unter den Anwesenden machte sich Unmut breit. Weshalb wurde hier nicht aufgesperrt? „Treten Sie bitte zur Seite, meine Herrschaften.“ Dienstbeflissen war der Gemeindepolizist bereits zur Stelle, obwohl er gedanklich noch bei den Gefangenen war, die auf mysteriöse Weise vor ein paar Stunden entflohen waren. Er zückte seinen

Notizblock, um wie immer, hilfreich oder nicht, die ersten Fakten festzuhalten. Natürlich stand auch Frau Polte schon da, um … ihr wisst schon: ihre Gerüchteküche neu zu befüllen.
Eine lebhafte Truppe zog unterdessen durch die Gassen zur Talvogtei, einem prächtigen Gebäude aus rotem Sandstein, das trotz seines hohen Alters immer noch stolz vor den Toren der Gemeinde stand. Frau Buchfink lächelte erleichtert vor sich hin. Ein bunter Papagei rief in rhythmischen Abständen: „der Professor, der Professor!" in den Wind, während ein Hund laut bellte, als wollte er die Rufe bestätigen. Die Gesichter der Kinder strahlten vor Aufregung über die bevorstehende Befreiung von Frau Papou und Professor Kopaki. Sie stolperten lachend vorwärts, hielten sich aneinander fest und wurden dabei von den Robotern nachgeahmt, was zu noch mehr Gelächter führte. Überall, wo die Truppe vorbeikam, konnte man schon von Weitem das ausgelassene Lachen der Kinder vernehmen.

Die Stille des Dachstuhls wurde durch ein leises Klicken durchbrochen. Der Schlüssel drehte sich langsam im Schloss, und mit einem sanften Quietschen öffnete sich die Tür. Ein warmes, goldenes Licht strömte herein und erhellte den bisher düsteren Raum. Frau Papou ließ vor Schreck die Dame auf das Schachbrett fallen, das sie auf dem Boden aufgemalt hatten und vergaß den letzten siegessicheren Zug, mit dem sie eben den gegnerischen König schachmatt setzen wollte. Herr Kopaki stieß versehentlich den Läufer um, als sich immer mehr Menschen in den kleinen Dachstuhl drängten.

Genaugenommen waren es fünf Kinder, drei Roboter, eine Frau, ein bunter Papagei und ein zweifarbiger Hund. Die Kinder riefen vor Aufregung wild durcheinander, sodass man kein einziges Wort verstand. Aber ihre Augen glänzten vor Freude, die Buchhändlerin lebend und bei guter Gesundheit zu sehen.

„Für dich – mich – alle, gemeinsam sind wir stark!“ Mit diesem freudigen Ausruf eilten sie auf die beiden zu, fassten sich an den Händen, um sie im Kreis zu umtanzen. Als der Professor und die Buchhändlerin langsam verstanden, dass dies ihre Rettung war, stimmten auch sie in den Jubel mit ein. Hilda flog kreischend auf Herrn Kopaki zu, und Frau Buchfink fiel der Buchhändlerin in die Arme.

Als der Professor Willi, Lasse und Isolde sah, erstarrte er für einen Moment, bis er die Lage erfasste und auch sie freudig begrüßte. Der düstere Dachstuhl, der bis dahin nur verhaltenes Getuschel kannte, war plötzlich angefüllt mit Lachen und Vergnüglichkeit. Bevor sie ihn für immer verließen, malte die Buchhändlerin noch schnell den elften Strich an die Wand und fügte ein kleines Herzchen hinzu.

„Der Tag meiner Rettung“, dachte sie glücklich.

Das große Fest fand eine Woche später am Samstag statt. Viele Gäste waren gekommen: die Kinder mit Hope, Frau Papou, Frau Buchfink, der Professor mit Hilda, die Roboter, Frau Polte, der Eisverkäufer Charly, der Polizist, sowie alle Mitarbeitenden der Bücherstube und zahlreiche Verwandte und Bekannte. Gemeinsam vergnügten sie sich im Innenhof der Talvogtei. Die Glocken der Turmuhr an der Schule ertönten im ganzen Dorf, und das Gelächter hörte man bis an die Grenzen der Gemeinde. Selbstgebastelte Girlanden schmückten den Ort, bis bei Einbruch der Dunkel-

heit noch dazu leuchtende Lichterketten ihre Aufgabe übernahmen. Willi und Lasse hatten erneut Seifenpuder in den kleinen Brunnen unter den Arkaden gekippt und ihn so in eine schäumende Badewanne verwandelt. Die Kinder rutschten unermüdlich auf dem Hosenboden über die glitschigen Pflastersteine. Der Tisch war reichlich gedeckt, und alle ließen sich das Essen schmecken. Ein Musiker spielte fröhlich auf seiner Geige, und die Menschen schlugen klatschend den Takt dazu. Das Fest war wie ein wogendes Meer aus Stimmen, Farben und Bewegung.

Frau Polte warf zur Sicherheit einen prüfenden Blick unter den Tisch, weil sie dort die Okupisten vermutete. Da sie jedoch keine Spur von ihnen finden konnte, entschied auch sie, das Essen zu genießen und die Gerüchteküche für heute zu schließen. Schließlich hörte ihr ohnehin niemand mehr zu.

Willi, Lasse und Isolde verteilten Kuchen und lasen den jüngeren Kindern Geschichten vor. Zusammen mit den Bücherhaien machten sie jede Menge Blödsinn, sodass die Buchhändlerin, die gerade mit dem Professor das Tanzbein zur Rumba schwang, kopfschüttelnd zu ihnen herüberblickte. „Was macht man bloß mit so viel Käse im Kopf?", rief sie ihnen lachend zu, während sie auf einem Spitzwegerichblatt kaute, da ihre Stimme noch immer nicht gänzlich wiederhergestellt war.
Dann konzentrierte sie sich wieder auf ihre Schritte, damit sie dem Professor nicht ständig auf die Füße trat.
Hilda hatte auch Malika in ihr Vogelherz geschlossen. Unschlüssig flog sie nun zwischen ihr und dem Professor hin und her, der momentan ganz froh war, den Vogel nicht ständig auf seiner Schulter zu haben.
Am Ende des Abends rief die Buchhändlerin die fünf Kinder noch einmal zu sich und schaute sie der Reihe nach an. Sie war sichtlich bewegt, und Tränen standen in ihren Augen. „Danke", sagte sie dann, „Danke für alles."
Die Bücherhaie strahlten stolz, denn ein Lob aus dem Munde ihrer Buchhändlerin bedeutete ihnen viel.
„Haben Sie auch eine innere Stimme gehört?", fragte Tinka Frau Papou plötzlich aus heiterem Himmel. Die Buchhändlerin war verblüfft, dann antwortete sie: „Anfangs habe ich sogar eine ganze Mannschaft an Stimmen vernommen. Sie wurden immer lauter und jede war von sich überzeugt. Ich wusste erst gar nicht, auf welche ich hören sollte."
Was für eine kluge Frage dieses Mädchen ihr stellte! „Es scheint",

Frau Papou schaute die Kinder wieder der Reihe nach an, „ihr habt auf dem Weg zu unserer Rettung eine Menge über diese Stimmen erfahren, ihr solltet ein Buch darüber schreiben."
Der Professor winkte Karl zu sich heran. „Hast du Lust, mich nächste Woche zu besuchen? Ich würde dir gern mein Labor zeigen und dich ein paar Dinge fragen. Er zwinkerte. Karl strahlte übers ganze Gesicht. „Ja! Gern!", rief er. Bald würde er nicht nur der beste Stimmen- und Lichtfinder sein, sondern auch der größte Computerexperte aller Zeiten. Wenn man „stolz sein" wiegen könnte, wäre Karl jetzt 50 Kilo schwerer.

Die Musik war aus, das Fest zu Ende. Die Männer von der Stadtreinigung gerieten bei dem Versuch, ihre Besen zu schwingen, auf dem noch immer glitschigen Boden gewaltig ins Schlittern. Leere Flaschen, verschrumpelte Luftballons, Essensreste – alles wurde weggefegt. Plötzlich ertönte ein lautes Surren im Innenhof der Talvogtei. Ein nagelneuer SE 1000 Soft plus, der auch für Außenarbeiten konzipiert worden war, übernahm die Feinarbeit und schlurfte fleißig, wie einst sein Vorgänger auf dem Bücherstubenboden, jetzt auf den Steinplatten vor sich hin.
Am Abend stand Frau Papou nicht mehr auf fremden Füßen, sondern auf ihren eigenen und zudem auch wieder mitten in ihrem Laden. Das Glück hatte sich eingenistet, und sie hoffte, dass es bliebe. Vor ihrem inneren Auge sah sie noch einmal all die Momente vorüberziehen: den schicksalhaften Abend in der Bücherstube, als sie dem alten Sekretär sein Geheimnis entlockt hatte, das er so viele Jahre aufbewahrt hatte.
Die Buchhändlerin dachte an die Zeit der Gefangenschaft und an den Professor. Sie dachte an die Gemeinschaft, die entstanden war, an all die Möglichkeiten, die aus den düsteren Prophezeiungen im Zusammenhang mit der Künstlichen Intelligenz erwachsen waren. Und sie dachte an die Zeichen im magischen Buch in Verbindung mit der inneren Stimme, von denen die Kinder ihr erzählten.
Sie dachte an die Spinne unter der alten Hängelampe, die sie während ihrer Gefangenschaft beobachtet hatte. Wie leichtfüßig und instinktiv sie ihr Netz zu spinnen verstand. In einer halben Stunde hatte sie ein Kunstwerk erschaffen, das nicht

nur formvollendet, sondern auch überlebenswichtig für sie war. Schöpfte dieses Tier aus derselben Quelle, aus der auch die innere Stimme der Kinder floss?
„War das der Unterschied zur Künstlichen Intelligenz?“, fragte sie sich jetzt. „Im richtigen Maß und mit Verstand eingesetzt“, überlegte Frau Papou weiter, „konnte die KI die Welt vielleicht sogar bereichern.“ Nur wehe, wenn das außer Kontrolle geriet! Was dann geschehen konnte, hatten sie alle ja bereits erfahren.
Zufrieden ließ Frau Papou ihren Blick durch den Laden gleiten. Sie war wieder die Hüterin der Bücher. Als sie zu dem alten Sekretär hinübersah, wo die ganze Geschichte begonnen hatte, schien auf der aufgeklappten Schreibtischtheke etwas zu leuchten. Da sie ja sehr neugierig war, schritt Frau Papou auf das alte Möbelstück zu. Und tatsächlich, vor ihr lag das magische Buch! Der einst schwarze Rabe auf dem Cover trug jetzt ein goldenes Gewand.
Als Frau Papou im Buch blätterte, fand sie genau die Geschichte beschrieben, die an dieser Stelle gerade erzählt worden ist.
Vor ihrem Verschwinden hatte Frau Papou nur bis zu ihrer eigenen Entführung gelesen, der Schluss der Geschichte hatte noch gefehlt. Und nun? Hatten die Kinder durch ihr beherztes Handeln tatsächlich das Ende bestimmt?
Plötzlich gesellten sich weitere Buchstaben hinzu. Als wollte sich das Buch mit dieser einen Geschichte noch nicht begnügen, war ihr, als hätte es schon mit der nächsten begonnen.
Müde rieb sich die Buchhändlerin die Augen und schaute nach draußen durch die bereits abgeschlossene Tür. Sie legte das

Buch sorgfältig in die geheime Schublade zurück. Heute war es nicht an der Zeit, etwas Neues zu beginnen. Aber sie wusste, dass der Tag kommen würde, an dem sie das Buch wieder hervorholen würde und dann womöglich eine neue Geschichte begann.

EPILOG

Ein ohrenbetäubendes Kreischen durchdringt die friedliche Vorstadtidylle. Mit einem kräftigen Flügelschlag stürzt der goldene Vogel aus dem dichten Blätterdach. Zu Tode erschrocken flüchtet Malika hinter den nächsten Baum. Der prächtige Besucher dreht ab, und Malika wagt sich vorsichtig aus ihrer Deckung hervor.
Eine Feder liegt vor ihr auf dem Boden. Sie schillert rotgolden wie die Sonne, wenn sie untergeht. Das Mädchen bückt sich, hebt die Feder auf und schaut sich um, der Rabe ist weit und breit nicht mehr zu sehen.
Isolde läuft an ihr vorüber, mit einem neuen Hut auf dem Kopf.
„Ist das deine?“, Malika streckt ihr die Feder entgegen.
„Wie kommst Du denn darauf, Süße?“, fragt Isolde zurück. „Ich stecke mir doch keine Feder mit Kiel an den Hut.“ Erstaunt schaut Malika ihren Fund an. Am Ende des leuchtenden Gebildes tropft noch etwas Tinte heraus. Unwillkürlich denkt sie an das magische Buch. War es möglich, dass … ?
„Was meinst du, Hope?“ Die Hündin legt den Kopf schief und schaut mit ihrem schönen schwarzweißen Gesicht zu Malika hoch, als wüsste sie genau, worum es geht.
„Wo kommt bloß dieser Rabe auf einmal wieder her?“, wundert sich Malika. Gedankenverloren steckt sie sich die goldene Feder in ihre braunen Locken. „Ich muss sie gleich den anderen Bücherhaien zeigen“, murmelt sie.

Malika denkt an die vergangenen Wochen zurück. Es war eine großartige Zeit, gespickt mit Abenteuern und neu gewonnenen Erfahrungen. Ein Gefühl von Zufriedenheit durchströmt das Mädchen, vielleicht weil sie alle zusammen nicht nur Frau Papou und den Professor gefunden, sondern auch ein bisschen mehr über sich selbst erfahren konnten. Malikas Gedanken wandern zu Karl, Phil, Tinka und natürlich zu Jonas. Ihr Herz schlägt schneller. Sie blickt in die Richtung, in die der Rabe geflogen ist. Dann schließt sie die Augen und lächelt ins Licht.

DANK

Dort, wo Träume noch erlaubt sind und Wünsche manchmal in Erfüllung gehen, werden Geschichten geboren. Nicht selten werden sie an realen Erlebnissen und Themen aus dem Leben modelliert. Um diesen Prozess zu transformieren und die Geschichten in Form eines Buches zum Leben zu erwecken, braucht es eine Gemeinschaft, die unterstützt und hilft. Gemäß dem Leitsatz der Bücherhaie:

„Für dich – mich – alle, gemeinsam sind wir stark!“

Dafür möchte ich diesen Wegbegleitenden von Herzen danken:

Ich danke meinen beiden Söhnen Nicolai und Kasimir für ihre wertvollen Impulse. Dieses Teamwork aus geistiger und weltlicher Inspiration beflügelt immer wieder mein Wirken in der Welt der Geschichten und Phantasie.

Ich danke meinem Mann Hubertus für das großartige Backup hinter den Kulissen, das ich benötige, um schreiben zu können.

Ich danke der Initiatorin Katrin Schmidt, alias Frau Papou, dass sie mich für die Umsetzung ihres schönen Projektes beauftragt hat: Ein Buch zu schreiben, das in Kirchzarten spielt, die Buchhandlung mit einbezieht, und die Kinder, alias „Bücherhaie“, mitwirken lässt. Sie ist eine talentierte Netzwerkerin und Pionierin.

Ich danke Astrid Seizinger, alias Frau Buchfink, der Leiterin der Bücherhaie, für ihren strukturierten Input, den gehaltvollen Austausch und das Lektorieren in den ersten und allerletzten Zügen.

Ein Dank geht auch an die Illustratorin Irmhild Haite-Voss mit ihren wunderbaren Illustrationen, die diesem Buch besondere Akzente verleihen.

Vielen Dank an die Grafikerin Judith Meyer-Fuß dafür, dass sie ganz spontan die Gestaltung und das Layout des Buches übernommen und sehr kreativ und professionell umgesetzt hat.

Ein Dank gilt auch meiner Lektorin Ina Raki, die mich schon bei mehreren Büchern begleitet hat. Danke für die immer wieder gehaltvolle und schöne Zusammenarbeit.

Ein großes Dankeschön geht an meine Freundinnen Silke Mix und Victoria Marini, die immer wieder Zeit investieren, um meine Bücher Korrektur zu lesen.

Ich danke meiner Freundin Sissi Kaiser, die dem Raben „Purxel“ seinen Namen verlieh.

Ich danke Dir, liebe Carolin Ehrlich, für die gute Beratung bei medizinischen Fragen.

Danke an dich lieber Eddi, der du den Anstoß und die Vorlage für Hope gegeben hast. Schön, dass du nun immer an meiner Seite bist.

Ein supergroßes Dankeschön geht an die Bücherhaie, dafür dass ihr das Projekt angestupst und mitgewirkt habt. Ihr wart ein aufmerksames und sehr kritisches erstes Publikum mit guten und detaillierten Feedbacks zu Beginn des Buches.

Ich danke allen Kindern dieser Welt, die dieses Buch weiterempfehlen und ich danke Purxel dafür, dass er die innere Stimme und das goldene Licht in uns im Laufe der Geschichte immer deutlicher herausgeschält hat und somit dem Buch eine entscheidende Wendung gab.